尋找雨兒

安・馬汀 Ann M. Martin 著
劉握瑜 譯

Rain reign

推薦文

隱藏在標籤下的珍貴天賦

文／兒童文學工作者 幸佳慧

《尋找雨兒》的主角名叫蘿絲，十二歲，對同音字詞、質數與規則有超乎常人的固著特質。她這些習性擾亂了一般的人之常情，儘管她所說的話皆有事實根據也毫無惡意，卻常淪為被同儕取笑與欺凌的對象。

在現代社會，蘿絲被貼上「高功能自閉症」的標籤。雖然「症」這個字看來像是生理缺陷或大問題，不過我們周遭多少都有這樣的人。事實上，他們存在的歷史很久遠了，反倒是人類對於他們的認知很淺薄，並且不斷修正中。過去，他們被視為怪咖，後來因精神醫學興起，他們一度被視為無可救藥，被人送到精神病院或安置所隔離起來。

然而，具人道精神的研究者在攤開歷史陰暗的皺摺後，發現人類在科學、科技或藝術的發展中，諸多耀眼的突破正是由這些異於常人的怪咖致力而成。有些怪咖在社會化時幸運的繞過歧途，免於被人群排擠與唾棄的傷害，甚至被稱為天才，留下特殊貢獻，這當中的關鍵，就在於他們的父母與老師怎麼看待、教育與欣賞他們。

其實，他們像是來自同一個遠古部落的子孫，散落到不同地域去延續他們身上古老而獨特的基因，幸運者的生命獲得充實也豐富了他人，不幸者則淪為弱勢。近二十多年來，幾部藝文作品，如一九八八年的美國電影《雨人》，或二〇〇三年英國少年小說《深夜小狗神祕習題》大規模的讓世人理解這群人的處境。

看得出來，《尋找雨兒》的作者安．馬汀想做的更多，她訴求的讀者年齡更年輕，主角以第一人稱說出自己的故事，讀者不但更能同理她「怪異」背後的原因，同時也看到每個角色在磨合的掙扎中，因為不放棄一絲善意得以往好的方向前行。原本被視為「障礙」的問題不但可以改變，也能扮演好積極參與社會的角色。

由於作者的換位思考經過真誠的揣摩，她在蘿絲固著的喜好，以及不喜肢體碰觸、難以理解他人情緒等特質上，敘述風格看似冗長，但實則有著縝密脈絡。讀者從中可以重新定義像蘿絲這樣的孩子跟周遭事物的互動，包括她與同學、動物及家人的關係中，看到更多全新觀點與可能的價值。

這些獨特生命的溫度，是經由周遭良善的互動而加溫發亮的。如果我們洞悉這些光彩從未在人類發展上缺席，我們將懂得轉換缺陷的眼光，看見並珍惜這些古老的遺產與天賦。

推薦文

尊重差異，也珍惜自己

文／親職教育專家　楊俐容

曾經在雜誌上讀到這麼一段話：「醜陋的建築不會倒，地基不穩的才會……」，雖然談的是營造工程，對應於家庭和學校教育卻同樣發人深省。如果沒有真正的理解，愛與關懷將如同矗立在不穩定地基上的建築，無論宏偉或素樸，都有倒塌的風險。一般孩子尚且需要師長同儕的理解，有特殊需求（或者大家較熟悉的說法——身心障礙）的孩子更是如此。

因此，對我來說，以身心障礙孩子為主角所創作的繪本、小說，就像點點星光，為教育開展出一片美麗的天空。相信透過這樣的閱讀，將有更多大人小孩發現自己心裡柔軟的角落，不只能對身邊的特殊孩子展現真實的同理心，也更能悅納每個生命的獨特性；在懂得尊重別人的同時，也學會了珍惜自己的生命。

在這些閃爍的星星中，紐伯瑞文學獎得主安・馬汀所創作的《尋找雨兒》是我非常喜歡的一顆。作者以緊湊動人的情節、真摯如實的描繪主角在人際社交上的困難，以及固著窄化的行為模式，引領讀者深刻體會亞斯伯格症孩子所面臨的種種挑戰。然而，貫串全書的幽默風格、詼諧文字，讓讀者無須背負太沉重的心理負擔。

此外，作者對主角蘿絲的性格塑造，更在讀者腦海裡留下難以忘懷的影像。特別是蘿絲對狗狗「小雨」的愛，相信每位讀者都會為之動容。《尋找雨兒》帶給我的另一個感觸，是作者對失能父母的悲憫與寬容。蘿絲的單親爸爸雖然無法克服自己衝動、酗酒的問題，但仍勉力撐起單親爸爸的責任，即使無法理解蘿絲的內心世界，仍努力去愛這位特殊女兒。但我也期望天下父母都能像蘿絲的叔叔一樣，擁有善解孩子的心，為孩子營造可以安心長大的環境。

一個社會偉大與否，不在於它累積多少財富、擁有多少宏偉建築，而在於它對差異有多深刻的尊重。我深深相信也殷切期盼，《尋找雨兒》能讓亞斯伯格症的孩子得到更多的理解、關愛，以及在現實生活中的協助與支持。

推薦文

用他們的雙眼看世界

文／親子專欄作家 陳安儀

《尋找雨兒》的主角蘿絲，是一個有亞斯伯格症的小女孩。亞斯伯格症患者有輕度自閉症的特質，比方說，無法正視對話者的眼睛、不懂得察言觀色、不懂得開玩笑、聽不懂弦外之音、不會找話題，當然，也就不擅長經營人際關係。

這類的孩子對於某一件事情著迷時，固著性會非常高。就像蘿絲，她非常喜歡研究「同音字」和「質數」。因此，她有一張長長的列表，上面記載了所有她想到的同音字。當她遇到陌生人的第一件事，就是先觀察對方的名字是不是有同音字（比方「蘿絲」和「螺絲」），再算算對方的名字有幾劃，是不是「質數」？

亞斯伯格症的孩子也較不擅長表達感受；只要一緊張或是焦慮、日常生活的步調和規範超出他所習慣的狀況時，就會用一些特殊的方式展現。比方這本書裡的蘿絲，她一緊張就會開始數「質數」：2、3、5、7、11；壓力超過她的心靈負荷時，她就會失控的尖叫或是敲打自己的頭。每到這時，她的專屬輔導老師就需要帶她到走廊去冷靜下來——讀到這裡，不禁羨慕起國外的小朋友，因為在台灣，「亞斯」的孩子目前尚未有這種待遇，有時甚至還會遭受老師的排擠。

此外，蘿絲對聲音極度敏感，因此她很容易因為我們一般人忽略的微小噪音而焦慮、分心。「亞斯」的孩子目前在台灣比例也不少，就跟蘿絲一樣，這類特殊行徑，常讓他們在學校遭受異樣的眼光。

然而，蘿絲家裡只有一個冷淡不愛講話的爸爸。工人爸爸童年長期被家暴，不懂得怎麼跟孩子相處，幸好蘿絲還有一位疼愛她的叔叔，常在她最需要的時候帶來溫暖。此外，就是「小雨」了！這隻小狗，是她最大的依靠。

但是，一場暴風雨後，小雨失蹤了。在找尋小雨的過程中，蘿絲逐漸發現了一個令人難堪的祕密……

全書以第一人稱寫作，作者對於特殊兒童的心理、處境有許多細膩的刻劃。不論是蘿絲與父親、叔叔、小雨之間的點點滴滴，或是學校中與同學之間的互動，再再令人感同身受，彷彿我們已經化身成為蘿絲，正從她的眼中讀取這個世界。

這本書情節精彩，文字淺顯易懂，能讓讀者進入亞斯的世界，充分瞭解小孩。此外，藉由本書的閱讀，讓孩子瞭解同音字的概念及中文同音字的特性，也是一項很有趣的事！

推薦文

故事心柔軟心

文／閱讀典範教師臺中市崇倫國中　劉美娜

故事總有神奇的力量。

每個人都在找自己相信的故事，也都在寫著自己的故事。十二歲的蘿絲為自己訂下了許多規則。她有固定的作息時間、相信質數能帶來好運，而且特別喜歡同音字。根據醫生的診斷，蘿絲是一名亞斯伯格症患者，但學校裡的同學們卻只覺得她是一個難以相處的「怪胎」。回到家，獨自撫養蘿絲的父親不時酗酒失控，只有小狗——小雨是她唯一的依靠。

在還沒有「亞斯伯格症」這個名詞時，他們常被認為是「怪咖」、「怪癖」

或「不合群」。最近幾年有「疾病光譜」的概念，在許多精神疾病的診斷裡，「亞斯伯格症」是屬於比較輕度的自閉症，他們的功能一切正常，只是有情緒及社交上的障礙。

他們的普遍症狀是社交及溝通上的廣泛性異常、異常局限性的興趣及高度重複性的行為。而他們所欠缺和發展遲緩的是「準確理解他人的情緒」，「適當用肢體語言表達自己的感情」，並「將表情的細微差異傳達給他人的能力」。因此多數亞斯伯格的人常常會覺得他們無法得到周圍世界的準確理解。而一般人也常會覺得難以理解他們對周圍世界的理解。這是需要時間彼此包容學習的。

在蘿絲的家庭裡，獨自撫養蘿絲的父親不能坦然面對女兒的狀況，對於學校及老師的協助也都一味逃避；幸而有威爾頓叔叔在蘿絲成長路上一直支持並適時引導她，提供她身心安定的力量。

在哈特福小學，有庫瑟兒和萊普樂兩位老師，在生活和學習上時時提醒協助她，讓她在社交上點點滴滴進步。

人和人相處的爭執也常發生在不能彼此理解包容，不是只發生在「亞斯伯格症」患者身上。透過蘿絲——正直坦率，堅持做對的事，展現生命成長力量——的故事，希望我們在面臨人際關係難題時，都能多些自省與覺察，給彼此多一點溫暖的關注，社會將會多一點和諧的正能量。

就如《願故事力與你同在》作者盧建彰所說：「故事是說給人聽的，故事也是人說的，也許，你得先成為一個人，像樣的人。當然，故事是為了讓人活得更好，懂得歡笑懂得悲傷懂得憐憫懂得自在……」

故事總有神奇的力量，在溫暖故事中成長的我們，是幸福的！

序幕

第1章　我是名叫蘿絲（螺絲）的女生

我叫蘿絲．霍華德，我的名字有一個同音字。正確來說，是有一個「同音異字」，也就是某個字的發音和另一個字相同，但是寫法不一樣。我的同音異字名字是「螺絲」。

大部分的人嘴上說「同音字」，其實他們想表達的是「同音異字」。我的導師庫瑟兒老師說，這是一個常見的錯誤。

「犯錯跟犯規的差別是什麼？」我想知道。

「犯錯不是故意的，而犯規是有意的。」庫瑟兒老師說。

「可是如果——」我正要繼續說。

庫瑟兒老師緊接著開口：「把『同音異字』說成『同音字』是正常的，這叫做口語用法。」

「『有意』有一個同音字，」我跟她說，「『有益』。」

我很喜歡同音字。我也喜歡字詞，還有規則和數字。把我喜愛的東西按照順序排列會是這樣：

1. 字詞（尤其是同音字）
2. 規則
3. 數字（尤其是質數）

我要告訴你一個故事。這是一個真實的故事，也就是說，這是一部非虛構的小說。

故事都是這樣開始的：先介紹主角。由於我正在寫一個關於我的故事，所以我就是主角。

我的名字有一個同音字，我也替我的狗取了一個有同音字的名字。她叫小雨，這名字很特別，因為「雨」也有同音字，可以是島嶼的「嶼」，或者給予的「予」。依照撰寫小說的公式，我會在第二章多寫一些有關小雨的事情。第二章叫做〈我的狗，小雨〉。

關於「公式」這個字，有一件很重要的事情，那就是這個字有三個同音字：「公事、攻勢、工事」。這是我唯一想到的四胞胎同音字，要是我再想到另外一組，那會是非常值得慶祝的一天。

我和我爸爸住在一起，他叫衛斯理．霍華德，不管是他的姓氏還是名字，都沒有同音字。

從我們家的門廊上，你可以看到我們家的前院和車道，還有前面的那條馬路——胡德大道。「大道」也有一個同音字，叫「大盜」。

馬路的另一邊有一座小森林，穿過那些樹木可以看到紐約州高速公路。「樹木」有一個同音字，叫「數目」。

我就讀哈特福小學五年級。紐約的哈特福鎮上只有一間小學，裡面五年級只有一個班級，我就是讀這一班。我班上大部分的同學都是十歲，或是正要變成十一歲，只有我已經快十二歲了，因為學校的人不知道該拿我怎麼辦。我留級了兩個學期，加起來剛好是一年（$\frac{1}{2}+\frac{1}{2}=1$）。

我常常因為遵守規則，還有總是把同音字掛在嘴上而被取笑。萊普樂老師是我的輔導員，庫瑟兒老師上課時，她會跟我坐在一起。萊普樂老師坐在一張大人的椅子上，就靠在我的椅子旁邊，當我在數學課上講一些不經大腦的話時，她會把手放在我的手臂上；如果我大力打自己的頭然後大哭時，她會說：「蘿絲，你需要去走廊一下嗎？」

萊普樂老師告訴我，除了同音字、規則和質數之外，還有很多值得談論的事情。她鼓勵我想一些能開啟話題的開場白。幾個跟我有關，但跟同音字、規則，還有質數無關的開場白有：

我住在一間面朝東北的房子。這樣接下來，我就可以問我的聊天對象：你家面朝哪個方向呢？

從我家往下走一點一公里有一間J&R汽車修理廠，我爸爸有時候在那裡當技工。接著再往下走零點一六公里，有一間好運酒吧，我爸爸下班後常去那裡。我家和J&R汽車修理廠之間，除了樹和路之外，沒有其他任何東西。跟我聊聊你家附近吧。

我有一個叔叔，他叫威爾頓，是我爸爸的弟弟。你家裡還有其他成員嗎？

我的醫師診斷書上的病名是高功能自閉症，有些人稱為亞斯伯格症。你有醫師診斷書嗎？

我媽媽並沒有跟我和我爸爸住在一起，我要告訴你這件事來結束這段介紹。她在我兩歲的時候離家出走，所以住在我家裡的人就是我爸爸跟我，以及那隻叫小雨的狗。威爾頓叔叔住在哈特福的另一邊，離我們家五點五公里遠。

下一段介紹是關於故事背景。我已經告訴你我所在的地理位置，就是紐約哈特福鎮上的胡德大道。我升上五年級那個十月是一個很重要的時刻，也是這個故事的開始。

現在，我要告訴你一些我五年級的麻煩事，這沒有比我爸爸在颶風來襲的時候把小雨留在屋外來得麻煩，但是也夠煩人了。我人生中，第一次帶著屬名給我爸爸的每週進度報告被送回家。報告是萊普樂老師寫的，再由庫瑟兒老師看過後簽名，這是我的兩位老師表達她們對我的行為意見一致的方式。報告上列了我從星期一到星期五之間，所有該被留意的行為，上面某些是好的意見，例如我正確的參與課堂討論，但是大部分的意見都讓我爸爸把報告甩到桌上說：「蘿絲，我拜託你，想到同音字的時候就把嘴巴閉上。」或是「你有看過其他小孩聽到火警鈴響的時候，會舉手鼓掌跟尖叫的嗎？」

在最近的報告中，萊普樂老師和庫瑟兒老師請我爸爸每個月安排時間跟她們會面。現在他每個月的第三個星期五，都應該要在下午三點四十五分去哈特福小學討論我的事情。他看到會面要求時說：「我沒有時間跟她們開會，這實在是太麻煩了。蘿絲，你為什麼要做那些事情呢？」他在J&R汽車修理廠沒有工作給他做的星期五下午三點四十八分說了這句話。

十月三日晚上八點十分，威爾頓叔叔來拜訪我爸爸、小雨和我的時候，聽說了有關每月會面的事情。

我爸爸站在大門前，手上拿著那份報告，盯著外頭的樹和那一片漆黑。「這些會面簡直是廢話一堆。」他說。

威爾頓叔叔和我一起坐在合成樹脂做的塑膠餐桌旁，堅定的盯著我爸爸說：「我可以去，如果你希望我這麼做的話。」威爾頓叔叔有一副很溫柔的嗓音。

我爸爸走來走去，用手指著威爾頓叔叔。「不用！蘿絲是我的責任，我可以處理。」

威爾頓叔叔低下頭沒有回答。不過當我爸爸再次轉過身面向屋外，我叔叔舉起兩隻交叉的手指，這是他嘗試（常識）告訴我一切都沒事的暗號。我也會舉起我的手指，然後我們一起用手指觸碰自己的心臟。

這時小雨走進廚房，在我腳上坐了一陣子。

接著，我叔叔離開了。

接著，我爸爸把萊普樂老師和庫瑟兒老師給他的報告揉成一團，丟到院子裡。

關於我的介紹到此結束。

第2章 我的狗，小雨

我的真實故事下一章和小雨有關。故事中的主角不一定要是人類，可以是一隻動物，例如一隻名叫小雨的狗。

小雨重十一公斤。替狗量體重的方法是：先站上體重計測量自己的體重，然後把狗抱起來，同時測量你們兩個的體重，接著用你們兩個的體重減掉你自己的體重，剩下的就是狗的體重。

小雨身長四十六公分，若從鼻尖到尾巴的尖端，則有八十六公分這麼長。

小雨的毛大部分是黃色的，但她有七隻白色的腳趾頭，兩隻在右前腳上，一隻在左前腳上，三隻在右後腳上，還有一隻在左後腳上。她右邊的耳朵上有棕色的斑點，而且毛很短。威爾頓叔叔說她看起來有點像黃色的拉布拉多犬，但一隻母的純種拉布拉多犬的體重應該將近三十公斤，所以小雨可能不是一隻純種的拉布拉多。

小雨和我獨自在家時，我們會一起坐在家裡或是門廊，小雨會把一隻前腳放在我的膝蓋上，我會揉捏她的腳趾，然後她會用那雙巧克力色的眼睛看著我的藍色雙眼。一陣子後，她會打起瞌睡，慢慢瞇起眼睛直到它們完全閉上。晚上睡覺，她會爬進棉被裡跟我一起睡，如果我半夜醒來，我會發現小雨擠在我身邊，把頭偎在我的脖子上。

小雨呼出來的氣息有狗食的味道。

小雨已經跟我們住了十一個月，幾乎是一年。我會在另一章，也就是第五章裡，告訴你更多有關我爸爸帶她回家的那個晚上的事情，章名叫做〈小雨來的那一天〉。

我跟小雨每天都有固定的行程。我們喜歡固定行程。平日我去哈特福小學上學，而我爸爸去J&R汽車修理廠工作的時候，小雨就自己待在家裡。當汽車修理廠沒工作可做的時候，我爸爸通常會去好運酒吧喝啤酒、看電視。不管怎樣，他不會在家，而小雨自己待在屋子裡。下午兩點四十二分，學校放學，威爾頓叔叔會來接我，然後載我回家。他會在兩點五十八分到三點零一分之間把我送到家。我跟小雨會在門廊上坐一下，我會揉揉她的腳趾，接著我們會去散步，結束後我回來寫功課，再準備我跟我爸爸的晚餐，並且餵小雨吃飯。

小雨吃的是一種名叫「我家寵物」的狗罐頭，早上半罐，晚上半罐，還會拌一些「我家寵物」的狗乾糧。我爸爸第一天帶小雨回家的時候，他說她不需要吃濕食，那比乾糧貴很多，但是我說狗在野外都吃肉，然後我爸爸說：「你說的沒錯，蘿絲。」

等小雨吃完晚餐，我們會一起等我爸爸回家。如果他在好運酒吧待了一整天，他的心情可能不會太好，但也有可能非常好。如果他整天都在J&R汽車修理廠工作，他的心情可能不會太好，但也有可能不好也不壞。

小雨很聰明，她從來不會主動接近我爸爸，當我們等著他開口說：「晚餐吃什麼？」的時候，小雨會站在我房間門口。如果我爸爸這麼說，就代表我可以安心的端晚餐給他，我們吃飯的時候小雨也可以坐在餐桌旁。她被允許陪在我們身邊，或者把腳掌放在我們的膝蓋上，要求分得一點食物，直到我爸爸的眼神黯淡下來，那是小雨該回我房間去的訊號。

如果我爸爸回家時一言不發，直直走進他的房間，那我跟小雨就該離他遠遠的，我還得讓小雨保持安靜，不要讓我爸爸被打擾，或是感到頭痛。

小雨懂得跟我爸爸的腳和他的鞋子保持距離。

第3章　同音字的規則

我是我們班上唯一對同音字有興趣的學生。我知道大多數的小孩對同音字沒有興趣，所以如果你想要跳過這一章也沒關係。

但是如果你讀了這一章，你可能會開始對同音字感興趣*。

*對同音字沒興趣的人請停下來跳到第四章。

同音字充滿驚喜又有趣，這也是我開始製作同音字表的原因。這張表非常長，現在它需要四張紙才寫得完。上面的字按照字母排列，我嘗試在每一組同音字之間留一些空格，這樣才方便加入新的。

但是如果空格被填滿，然後我又想到另一組同音字，那我就必須從那個地方開始重寫一次。有時候這種情況會讓我大哭，因為我得把所有的字都寫得很完美，不能有任何錯誤，只要寫錯一個地方就得重頭再來。我們班上有一個叫賈許．巴托的男生，他身高一百四十七公分，上個星期他告訴我：「蘿絲，你為什麼不把那張表打進電腦裡？這樣你隨時可以加入新的字。電腦會幫你挪出空格，你就不用一直重寫了。」

但是我和我爸爸沒有電腦，也沒有手機、數位相機、MP3或是DVD播放器。爸爸說那些東西貴又沒用處，而且我們負擔不起，反正我們也不需要。

所以我的同音字表是寫在紙上的。

在這一章裡，我要告訴你我的同音字規則。不過因為我知道大多數的小孩對規則的興趣沒有比對同音字多多少，所以我要先告訴你同音字有趣的地方，接著才會講到規則，如果你想知道更多的話，不妨繼續讀下去。

同音字有趣的地方，就是當你在某句話中聽到某個字，突然發現那個字有一或兩個同音字（甚至三個，但這非常稀少，我很少想到四胞胎的同音字），那是你從來沒想到的同音字組合。舉例來說，昨天威爾頓叔叔跟我說：「你看，小雨很仔細的咀嚼她的食物。」就這樣，我的表上又多了一組新的同音字。

威爾頓叔叔說那句話的時候，我跟他正坐在餐桌旁，然後我從椅子上跳起來大叫：「噢，『食物』跟『實務』！這是一組新的同音字！」

威爾頓叔叔也很興奮，他說：「太棒了，蘿絲，快去拿同音字表，看看還有沒有空格把這組字放進去。」

我把同音字表從背包裡拿出來的時候，腦袋裡想著「食物」跟「事物」唸起來很像，然後我跑回去對威爾頓叔叔大叫：「還有『事物』跟『事務』！噢，這真的是很棒的一組。我的表上多了兩組同音字，今天快變成紀念日了！」

總之，這就是同音字有趣的地方。*

*如果你已經聽夠了，也不想認識我的同音字規則，請停下來跳到第四章。

接下來，我要介紹我的同音字規則。規則真的非常重要，如果沒有規則的話，你會想到太多聽起來很像的字然後不知道該怎麼辦。你的同音字表會長得看不到盡頭。我大部分的規則都是為了要篩選出純正的同音字。

蘿絲·霍華德的同音字規則

1 一組真正的同音字不包括專有名詞。專有名詞是用來稱呼特定的人、地方或東西，例如賈許·巴托、哈特福，或是大麥克漢堡。我想過要把「印泥」跟「印尼」加到我的清單裡，但是「印尼」是專有名詞，不是純正的字。加入專有名詞會讓我的表太長。

2 一組真正的同音字不包括外來語。例如「隱情」和「引擎」。「引擎」

是外來語。加入外來語會讓我的清單變得太過複雜，因為我不會說世界上全部的語言。

3 一組真正的同音字不包括合音字。例如「何消」和「核銷」，「何消」中的「消」其實是「需要」的合音字，不算一個純正的字。

4 一組真正的同音字不包括簡稱。例如「美人」和「每人」。「每人」其實是「每一個人」的簡稱，所以不能當作同音字。

5 一組真正的同音字只包括聽起來一模一樣的字。「相似」跟「相識」聽起來並沒有一模一樣，所以這兩個字不在我的表上；「水餃」跟「睡覺」也沒有。

我想，關於同音字的事情說得差不多了，你大概也想繼續聽我的故事，接下來我要介紹這個故事中另一個重要的主角。這個主角是我爸爸，也就是衛斯理．霍華德。

噢，對了，同音字還有一件很有趣的事情，那就是「單一」是「只有一個」的意思，但是它卻有一個同音字兄弟：「單衣」。

第4章　我爸爸衛斯理·霍華德，他的名字沒有同音字

我爸爸的名字是衛斯理·霍華德，他今年三十三歲，在三月十六號某個弦月日出生，身高一百八十五點四公分，臉頰上有一條長三點八公分的疤痕。他七歲的時候，他的父親為了教訓他不准把腳踏車留在屋外，用鐵鏟的把手揍他而留下了這個疤痕。

我跟我爸爸的共同點是，我們都是跟爸爸一起生活，而不是媽媽，還有我們都住在鄉下。

我爸爸的職業是J&R汽車修理廠裡的技師。

我爸爸有一個兄弟，就是我叔叔威爾頓，他今年三十一歲，身高一百八十二點九公分。威爾頓叔叔在六月二十三日某個被稱為「草莓滿月」的日子出生。我爸爸在下午六點三十九分出生，我叔叔則是在下午九點三十六分出生，他們兩個人出生的時間數字正好相反，而且每一個數字都可以被三整除。

我爸爸二十一歲的時候我出生了，他二十三歲的時候我媽媽離開了，他二十六又六個月的時候我去上幼稚園，他二十六歲又七個月的時候，我的幼稚園導師克魯老師告訴他，哈特福小學可能不是一所適合我的小學。

「我不知道哈特福還有另一間小學。」我爸爸這樣回答她。

「我不是這個意思。」

克魯老師的意思是，因為我沒有辦法跟其他幼稚園小朋友好好說話，不僅常常哭，還經常因為有人不守規則就拿鞋子或是圖畫書打自己的頭，所以我可能需要上特殊學校或是課程。

我爸爸要克魯老師再多花點心思，教導我是她的工作。

「您確定不想替蘿絲再找找其他適合的課程嗎？」克魯老師問他。

「哪裡有其他課程？」我爸爸問。

「凱瑟琳山那裡有一個非常棒的課程。」

「凱瑟琳山離這裡有三十五公里吧？」

「是的。」

我爸爸搖搖頭。「蘿絲在這裡會讀得很好。」

一年級的時候，我的導師馮索老師，找了校長、學校心理醫師、克魯老師，還有我爸爸一起開了一個會。因為我不在場，所以不知道會議中發生了什麼事情。在那個會議後，我爸爸去威爾頓叔叔的辦公室接我回家，他搖晃著我的身體，說：「蘿絲，你必須停止這種行為。」

但我告訴他我的名字有兩種寫法，不管哪一種發音都一樣。

二年級的時候，我的導師換成克魯老師，因為她不想再教幼稚園了。克魯老師在九月十三號的下午對我爸爸說：「霍華德先生，我相信蘿絲如果每天花一點時間去資源教室會很有幫助。」

霍華德先生，也就是我爸爸，說：「我沒意見，只要那個資源教室不會影響她的學習。」

教室有一個同音字：「教士」。

到了四年級，萊普樂老師變成我的輔導員。我爸爸說他不覺得有這個需要，但是他不打算跟學校爭論。「不要惹麻煩就對了，蘿絲。」他這樣對我說。原本一切都很好，直到五年級的時候，萊普樂老師想出每週進度報告這個主意（主義）。

現在我要回頭多介紹一點我爸爸的童年。我爸爸十歲的時候，他手臂上帶著一條五公分的褐色疤痕去上學，他的老師認定那是燙傷，通報了兒童保護中心，當天晚上警察就逮捕了我爸爸的爸爸，在那之後，我爸爸和威爾頓叔叔便去了寄養家庭。

「我們總是被安排在同一個家庭裡。」威爾頓叔叔曾經跟我說過，「我們從來沒被分開過，但我們無法在同一個家庭裡待很久。」

在我爸爸滿十八歲之前，他和威爾頓叔叔住過七個寄養家庭。

他們住過五個不同的小鎮；

他們總共有過三十二個寄養家庭兄弟姊妹；

他們上過九所不同的學校；

他們待過最久的寄養家庭是二十一個月；

他們待過最短的是七十八天。

去年某天晚上七點十七分，我和我爸爸在吃晚餐的時候，我對他說：「你有最喜歡的一個嗎？」

「最喜歡的什麼？」我爸爸問。

「最喜歡的寄養媽媽。」

「有啊。」爸爸說，「她叫做荷娜荷・派德森。」

「太有趣了，」我告訴他，回想著萊普樂老師教的對話技巧，「『荷娜荷』是一種叫做回文的字詞，也就是不管你正著唸還是倒著唸，唸起來都一樣。我的名字就不是回文，因為倒著唸的話就會變成『絲蘿』，不過我的名字有一個同音字。」

爸爸說：「別又開始講同音字了，蘿絲。」

於是我說：「你有最喜歡的寄養兄弟或是姊妹嗎？」

「有。」他過了一會兒才回答。

「那真有趣，」我回應，「他們其中有人的名字有同音字嗎？」

第5章 小雨來的那一天

接下來我要告訴你我們收養小雨的那一天。去年感恩節前的星期五，我在家裡等我爸爸從好運酒吧回家。我知道他人在好運酒吧，因為那時候是晚上七點四十九分，代表J&R汽車修理廠已經打烊了兩個小時又四十九分鐘。那天晚上我做了漢堡，我已經先吃了我的那一份，因為我不喜歡在晚上六點四十五分之後吃晚餐，飯後點心是柳橙口味的冰棒。

我看到大燈照進廚房，並且聽到車子停進我們家車道的時候，我正在研究我的同音字表。我覺得那是我爸爸的車。接著我聽到車門被甩上的聲音，然後又一聲，我判斷我爸爸帶了山姆．戴蒙回家。山姆．戴蒙是跟我爸爸一起在好運酒吧喝酒的男人，他有時候會來我們家，睡在客廳的沙發上。幾秒鐘後，我聽到門廊上響起腳步聲，接著我聽到類似狗的哀鳴聲，我從來沒聽過山姆．戴蒙發出那種聲音。

我坐在桌子旁邊盯著門口。

我爸爸出現在門廊的窗戶前，大吼著說：「蘿絲，我的老天，快移動你的屁股過來幫我。」

我不想要幫我爸爸處理山姆．戴蒙，但是當我打開前門透過紗窗看著下雨的夜晚，我看到爸爸站在門廊上，左手握著一根粗繩，繩子的另一端繫著一隻狗。車上的那位乘客是一隻狗，不是山姆．戴蒙。

那隻狗的脖子上圈著繩子，而且全身都濕透了。

「你從哪裡找來一隻狗？」我問我爸爸。

「在好運酒吧的後面。你可以拿條毛巾出來讓我把她擦乾嗎？」

「那隻狗是女生嗎？」

「對。毛巾呢？」這是我爸爸提醒我去拿毛巾的意思。

「別拿白色的毛巾。」我爸爸從後面叫住我，「她全身都是泥巴。」

我拿了一條綠色的毛巾，當我爸爸替那隻狗擦拭腳和背時，我透過紗門看著他們。「她是給你的。」他對我說，「你可以把她留下來。」

「她沒有戴項圈。」我回應。

「所以她是你的，她走失了。」

「我們不用去找她的主人嗎？」我問，「他們可能在等她回家。」

「如果他們不在乎該給她戴項圈，那他們就不配擁有她。」我爸爸說，「而且，我們要怎麼找到她的主人？她沒有戴項圈，所以沒有名牌。」

「她是一個禮物嗎？」我想知道。

「什麼？」我爸爸說，停下擦拭狗的動作，「對，她是一個禮物。蘿絲，她是我送給你的禮物。」

我爸爸很少送禮物給我。

在我爸爸替她擦拭的時候，那隻狗很有耐心的站著，每當我爸爸伸出毛巾，她會一次抬起一隻腳。然後她看著我，上下挑動眉毛。我發現那隻狗哈氣時會大大咧開嘴脣，看起來好像在笑。

「好了，」我爸爸對那隻狗說，「你差不多可以進屋了。」他把門打開讓那隻狗走進客廳，其實就只是廚房的一個角落，然後她依偎在我的腳邊。

我低頭盯著她。她抬頭看著我。

「你可以摸摸她。」我爸爸說，「一般人都這樣做。」

所以我摸了摸她，她閉起眼睛，又向我靠得更近。

「你打算替她取什麼名字？」我爸爸問。

「我要叫她小雨。」我說，「你在雨中找到她，而且『雨』有兩個同音字，島嶼的『嶼』和給予的『予』，所以這是一個很特別的名字。」

「這名字很好。蘿絲，那你的『謝謝』在哪裡呢？」

「謝謝。」

那天晚上，小雨上床和我一起睡，之後的每一天，我們都睡在一起。

第6章　我等待的人

威爾頓叔叔每天接送我上下學，他這麼做是因為我被禁止搭校車。當我爸爸聽到這個消息，他便宣稱沒辦法開車接送我。他說：「蘿絲，你這樣讓自己被趕下校車到底是想要得到什麼呢？我到底要怎麼早上送你去學校，同時到修車廠上班？我又怎樣才能在下午工作的時候去接你呢？」

很多日子裡，J＆R汽車修理廠都沒有工作給我爸爸做，那種時候他喜歡睡到很晚才起床，然後去好運酒吧。

威爾頓叔叔說：「我可以送蘿絲去上學。」

威爾頓叔叔在一間建築公司上班。他的那份工作，被我爸爸稱之為「軟腳蝦工作」，但威爾頓叔叔則說那叫做「內勤工作」。他不用蓋東西，而是坐在電腦前。他的工作是早上九點上班，所以他去那間叫傑尼建設事務所的公司之前，可以很從容的放我在學校下車，趕上早上八點四十二分的課。他說他會去問他的老闆能不能讓他中午不休息，這樣他才能每天下午兩點四十二分的時候接我下課，然後送我回家。

威爾頓叔叔說他可以送我去學校的時候，他沒有直接看著我爸爸。他和我爸爸，還有我跟小雨坐在門廊那裡，威爾頓叔叔說話的時候把視線轉向胡德大道。

我等著我爸爸說：「我可以自己搞定這件事情。」但是他卻點了一支雪茄，也把視線轉向胡德大道。

所以我加入他們的行列。我看著胡德大道，對我爸爸說：「你的爸爸載你去學校嗎？」

「他不需要那樣做，因為我沒有被踢下校車。你幹嘛問起我爸爸？」

我這麼問是因為，我爸爸總是說他不想要變成像他爸爸一樣的爸爸。他說他要獨自扶養我，即使這樣會要了他的命。

這也是為什麼他不太願意接受威爾頓叔叔的幫助，以及為什麼威爾頓叔叔表現得這麼小心翼翼。當我爸爸覺得威爾頓叔叔插手干涉養育我的事情，他就會威脅說要把我們分開，這讓我跟威爾頓叔叔都很傷心。

「我不知道。」我說。

在那張我爸爸放在門廊的老舊沙發上，小雨趴在我旁邊，然後翻了個身，把頭放在我膝蓋上休息。

「你問了我一個問題，但是卻不知道為什麼？」我爸爸說。

「對。」

「那你覺得怎麼樣？」威爾頓叔叔想知道答案，「我可以載她嗎？這樣問題就解決了。」

「這並不代表你是一個糟糕的父親。」我說。

威爾頓叔叔把他的視線從胡德大道上移向我，然後睜大眼睛說：「我絕對不是那個意思。」

「好吧，反正我也想不到其他的辦法。」我爸爸回答。

這就是威爾頓叔叔開始接送我上下學的原因。

每天早上，我跟小雨都會在門廊上等威爾頓叔叔駕著他的黑色雪佛蘭休旅車開上胡德大道。當我看到那輛車，我會親一下小雨的頭，然後讓她進屋去。接著我會爬上車，坐到威爾頓叔叔旁邊，跟他說起我從昨天到現在有沒有想到新的同音字。

如果有的話，威爾頓叔叔會說：「太棒了！」然後我們會一起思考有沒有其他同音字聽起來跟新的這組很像。就像我想到「食物」跟「實務」，還有「事務」跟「事物」一樣。

我們討論完同音字之後，會看一下窗外的景色，然後威爾頓叔叔會說：「你爸爸跟小雨都還好嗎？」

最簡單的答案是：「很好」，除非必要，否則我不會多說什麼。

有時候威爾頓叔叔會說：「你這個週末想不想跟我去看電影，蘿絲？」或是「這星期六我們是不是應該帶小雨去健行？」然後我們就得一起思考該怎麼得到我爸爸的批准。

當車子開到哈特福小學，我下車前會和威爾頓叔叔交叉手指，然後碰向自己的心臟。

在一天的課程結束後，我再次等待威爾頓叔叔來接我。我站在學校大門旁，看著那些以前和我一起搭校車的小孩排隊等七號巴士。我移動腳步（腳部），離蒙提．蘇德曼遠一點，因為他有一隻手指頭沒有指甲，而且他穿的那雙厚重靴子踩到我的腳趾時超痛的。我一邊等待一邊哼歌，眼睛直視前方，這樣威爾頓叔叔一開上步道（佈道）時我就能看到他。然後我會跑向他的車子，而他會微笑著傾身越過副駕駛座替我打開車門。

有時候我們會有類似這樣的對話：

威爾頓叔叔：今天上學還好嗎？

蘿絲．霍華德：跟昨天一樣。

威爾頓叔叔：完全一樣嗎？

蘿絲．霍華德：沒有，不可能完全一樣。

威爾頓叔叔：因為今天的日期跟昨天不一樣。

蘿絲．霍華德：還有因為月亮和星星的位置跟昨天不一樣。

威爾頓叔叔：你今天學到最有趣的東西是什麼？

蘿絲．霍華德：如果你替威爾頓（Weldon）配上數字，例如W是23，因為它是第23個英文字母，然後E是5，L是12，D是4，O是15，N是14，全部數字加起來就會得到73。猜猜看73是什麼數字。

威爾頓叔叔：質數？

蘿絲·霍華德：答對了！這就跟同音字一樣特別。我爸爸的名字也是質數。衛斯理（WESLEY）的總數是89。

威爾頓叔叔：是嗎？

蘿絲·霍華德：對啊，但我覺得他對這個不會有興趣。

威爾頓叔叔：嗯，我很高興我跟你爸爸都有質數名字，畢竟你跟小雨都有同音字名字，這樣就不會有人覺得被排擠了。

蘿絲·霍華德：不知道我爸爸星期六會不會讓我去你家，我可以重寫我的同音字表，它愈來愈擠了。

威爾頓叔叔：你希望我去問他嗎？

蘿絲．霍華德：嗯，不過別提同音字表的事情。

威爾頓叔叔：我盡力而為。

我們交叉手指觸碰心臟，到家後，我揮手跟威爾頓叔叔說再見。

第7章　為什麼我不搭校車

我以前都搭七號巴士去上學。七號巴士有十四個站，這是件好事，因為十四是七的倍數。我是唯一一個在我們家這站上車的人，也就是巴士路線上的第二站。在接下來的十二站裡，每一個剛上車小孩會沿著走道尋找座位，然後不約而同的跳過我旁邊的空位。住在質數及同音字地址「晉升（禁聲）街11號」的瑪妮．梅修經過我的時候會拿紙球丟我，但我只是直直的看著前方，讓紙球從我臉上彈開掉落地面，然後威爾森．安東里尼會走過來說：「撿起來啊，智障，你在亂丟垃圾。」

不論在哪一站，我們的司機雪莉．林伍德老師都會透過那個又大又亮的後照鏡看著我們，確認每一個人都坐好後才把車門關上，發動巴士重新上路。搭車時，我會看著車窗外的人們是否遵守道路交通規則，開車的人要遵守好多規則，統統寫在紐約州的駕駛人手冊裡，但是很多人並沒有遵守。

「嘿！」我總是這樣大叫，「那個人轉彎沒打方向燈！林伍德老師，你看到嗎？他違規了。」

有時候林伍德老師會回答我，但有時候她只是繼續盯著前方的道路，這得看我坐的位置離她有多近。

下雨天開車很麻煩。規則是，如果你開了擋風玻璃雨刷，那你也得把大燈打開。「林伍德老師！林伍德老師！我剛剛看見三輛車開了雨刷但是沒開大燈！」我總是這樣大叫。

瑪妮會開始竊笑，威爾森則是橫過他的座位拿出手機說：「你幹嘛不乾脆報警算了啊，智障？」

「他們應該要遵守規則！他們沒有遵守規則！」

某天我坐在第一排，所以我可以看到林伍德老師開車的樣子，當我們接近珊迪大道和九號公路西向路段的交叉口時，她放慢放度，緩緩駛過巴士站牌。

「林伍德老師！你沒有完全停下來！」我尖叫，「林伍德老師，這樣是違反規則的，手冊裡說你一定要完全停止，完全停止。」

林伍德老師轉彎駛向九號公路西向路段。「你就當作沒看到吧，蘿絲。」

「林伍德老師，你有開大燈嗎？」

一團紙球打中了我的脖子後方。

「嘿！那個駕駛人沒繫安全帶。林伍德老師，你有看到嗎？」

不久後，我們來到哈特福大道，學校就在前方，林伍德老師把方向盤往右打，校車轉彎開上巴士專用道。

「停車！」我尖叫，「林伍德老師，立刻停車！」

林伍德老師緊急剎車。「發生什麼事情了？」她大吼，站起來看向車窗外。在我後面，校車上的其他學生都擠到窗戶邊看到底發生了什麼事情，車子停了下來。

「你沒有打方向燈，」我說，「這違反了規則。」

林伍德老師坐回駕駛座，把額頭靠在金屬方向盤上，然後轉身對我說：「你在跟我開什麼鬼玩笑？」她把七號巴士停好之後，走進學校找校長談了一番。

這就是為什麼我不再搭校車的原因（原音）。

第8章　我的班級

我們班的教室面朝東南方，有一整排窗戶和二十一張課桌椅，再加上庫瑟兒老師的桌子，以及萊普樂老師那張緊靠著我的座位、擋住通道的椅子。

班上有十一個女生和十個男生。

還有兩隻沙鼠。

我們的班級守則寫在一張厚紙板上，就貼在教室的門旁邊。

庫瑟兒老師身上有蘋果的味道。她結婚了，有一個六歲的女兒，還有一個質數名字叫艾荻（Edie，23）。

去年春天，庫瑟兒老師得知我會被編到她的班上，安排了一次與我爸爸的會面。談話時我爸爸說：「我保證蘿絲不會惹任何麻煩。」

庫瑟兒老師問我爸爸在家都怎麼處理我的無理取鬧。他回答：「蘿絲在家不會胡亂哭鬧，我在的時候不會，她很懂事。」接著又說，「哈哈，我開玩笑的。」

我會知道這段對話是因為我就坐在學校心理醫師辦公室外面的等待室，我可以清楚聽到這段對話中的每一個字。我聽到了很多我不應該聽到的事情，很多其他人無法聽到的事情，因為我的耳朵很靈敏，這也是我的高功能自閉症的症狀之一。我們家冰箱發出的喀擦聲很困擾我，庫瑟兒老師的筆記型電腦嗡嗡聲也是。某天在學校，我雙手摀住耳朵說：「我沒辦法專心！拜託把那個關掉。」

「哪個？哪個東西？」萊普樂老師問我。

「我想要庫瑟兒老師關掉她的電腦。」我用萊普樂老師教過我的方式說。

「清楚明白的告訴我你想要什麼，蘿絲。」每次我失控的時候萊普樂老師就會這麼說。

「你為什麼要她關掉電腦？」坐在我前面，身高一百四十七公分的賈許．巴托問我。

「因為那個嗡嗡聲！」

「我沒聽到什麼嗡嗡聲啊。」賈許說。

「蘿絲，冷靜下來，」萊普樂老師說。

我聽到喀擦聲、嗡嗡聲和竊竊私語的聲音，還有從辦公室門縫裡傳來的對話。

那天，是庫瑟兒老師當我的導師的第二十五天。

在第二十五天的下午，她對全班宣布：「我要給你們一份很有趣的作業。你們要寫一篇關於寵物的作文。」

「我沒有養寵物。」芙契說，她的名字很好記，因為和「福氣」跟「服氣」是同音字。

庫瑟兒老師露出微笑，這代表她不介意芙契打斷她。「那沒關係，」她回答，「因為你們可以寫任何一種寵物，如果你沒有寵物，你可以寫你想像中的寵物，或是別人的也可以。」

庫瑟兒老師發下作文紙，我找出我的鉛筆，盯著門口好一會兒。

「蘿絲？」萊普樂老師叫我。

「我在思考。」我說，眼神並沒有轉向她。

我開始寫有關小雨的故事。我試著回想庫瑟兒老師說過的那些題目的事情，還有萊普樂老師說不要把所有題目都扯到同音字上頭。

「時間到。」過了二十一分又三十秒後，庫瑟兒老師說，「誰想唸給全班聽？沒寫完也沒關係，只要唸你們寫好的部分就好。你們可以今天晚上回家把它完成。」

有三個女生和兩個男生舉起手，庫瑟兒老師叫了芙契的名字，她唸了一段自己幻想的寵物，是一種介於雞跟貴賓狗之間的動物，叫做「貴賓雞」。芙契說她的貴賓雞不會咕咕叫也不會汪汪叫，而是咕汪咕汪的叫。我還在思考那隻咕汪叫的貴賓雞的時候，全班都笑了，笑到我算出貴賓雞（Chickapoo）不是一個質數，它的總數是81，是一個可以被三整除的數字，沒有質數來得好，雖然它很有趣。

接著朗讀的人是賈許·巴托，他寫的是他養的四隻霓虹燈魚。「去年夏天，我媽替我自己跟我姊姊選了第一隻魚，」他如此唸道。

我立刻打斷他。「庫瑟兒老師！庫瑟兒老師！賈許違反規則了！他寫『替我自己跟我姊姊』，這是錯的！」

「蘿絲，我們討論過打斷別人說話這件事情吧？」

「但是他應該寫『替我跟我姊姊』。『我自己』是不對的用法。」

「蘿絲，這個意見你可以在賈許唸完文章之後再發表。」庫瑟兒老師說。

「還有，」當賈許繼續朗讀的時候，萊普樂老師小聲的跟我說：「你可以先想一些稱讚的話，再指出他犯的錯誤。」

我低頭趴在桌子上。

「蘿絲？」萊普樂老師小聲叫我。

我沒抬頭。「他根本不關心規則！」我覺得眼淚在眼眶裡打轉。

「蘿絲……」

「庫瑟兒老師在九月十七號的時候，很清楚的告訴我們那條規則。」我把頭埋在手臂裡大聲說。

「你需要去走廊嗎？」

我突然站起來，我的椅子猛然往後撞上摩根的桌子。

「喂！」她大叫。

我用我的指節打自己右邊的頭，一下、兩下、三下、四下。

賈許還在朗讀他的霓虹燈魚，但班上大部分的人現在都在看我。

「來吧，」萊普樂老師說，她領著我往門口走去，站到走廊上。「你需要冷靜一下。」

我想像著我爸爸應該會在星期五的報告裡看到剛才（鋼材）的事情。

第9章 坐在我旁邊的萊普樂老師

萊普樂老師幾乎無時無刻陪在我身邊。

在庫瑟兒老師的班上，她不僅和我坐在一起，還陪我一起上廁所，一起去操場。我是哈特福小學五年級裡唯一一個有輔導員的學生，這讓我相信大部分的五年級學生不需要輔導員。儘管我這麼想，但我曾經兩次聽到我們班上的人跟庫瑟兒老師說：「蘿絲得到這麼多關注真是不公平。」第一個說這件事的人是雷洛娜·泰德斯可，第二個人是賈許·巴托。

在學生餐廳時，萊普樂老師也跟我坐在一起，我們一起吃午餐。我的午餐菜色每天都一樣：一顆蘋果、一個鮪魚三明治和牛奶。萊普樂老師帶便當，菜色每天都不同，有時候是三明治，有時候是麵條之類的剩菜（萊普樂老師說那叫義大利麵），還有雞腿、鮭魚、飯和蔬菜。萊普樂老師總是問我：「蘿絲，你想要嚐一口看看嗎？」我每次都拒絕她，因為我不想更改我的午餐菜色。

每個星期一，萊普樂老師會從我們班上選兩個人來當我那一週的「午餐好朋友」。她有一份確認每個人擔任次數一樣的名單。通常她宣布好朋友人選的時候，沒有任何人發出聲音。

萊普樂老師陪著我在學生餐廳裡排隊買午餐，在拿到我的蘋果、三明治和牛奶後，我會找位子坐下，午餐好朋友們買好午餐後，也會過來跟我們一起坐。

今天是星期一，新的好朋友是芙契跟安德，他們一個是可以被三整除的名字（Flo，33），一個是質數名字（Anders，61）。

萊普樂老師對我點了一下頭。「蘿絲？」

我嚼完一口蘋果開口說：「我住的房子面向東北方，你們家的房子面向哪個方向？」

萊普樂老師對我揚起眉毛，然後我想到我和芙契跟安德說話時應該要看著他們的眼睛。所以我整個人靠在餐桌上，直直盯著他們的眼睛再次開口：「你們家的房子面向哪個方向？」

芙契聳了聳肩膀，把身體往後靠，和我拉開距離。「呃……我不曉得耶。」她看萊普樂老師正忙著打開義大利麵餐盒，於是轉向安德，對他翻了個白眼。

安德也回敬她一個白眼，然後說：「我也不知道。」

我思考了一下，然後對安德說：「你不知道你家的房子面向哪個方向，還是你不知道芙契家的房子面向哪個方向？」

他抿了一下嘴脣，我想他也許是在憋笑，然後他說：「不管任何東西我都不知道它們面向哪裡。」

萊普樂老師的襯衫沾到了一點義大利麵，站起身說：「我得去清理一下，我馬上回來。」

「你幹嘛那麼介意什麼東西面向哪裡呀？」萊普樂老師前腳一走，芙契馬上開口問。

萊普樂老師沒有幫我預習這一題，所以我說：「『面向』跟『面相』是一組同音字。」

「哇，那真是太有趣了，」安德接話。

芙契開始竊笑。「拜託，求你多說一點同音字的事情吧。」

我放下蘋果告訴他們：「我不會把簡稱的字放進我的表裡。你們覺得『每一個人』算是『美人』的同音字嗎？」

「當然不是。」芙契說。

萊普樂老師拿著一大疊餐巾紙走回來。

「萊普樂老師，萊普樂老師！」我說，「我在跟芙契和安德說明同音字的規則。」

萊普樂老師從她的眼鏡上方盯著我。「我們換個話題吧，不要在同音字上打轉。想一些有關……」

我不想要萊普樂老師在我的午餐好朋友們面前提到任何有關開場白的事情。我有點想哭，但我忍住了，也沒有敲自己的頭，反而開口說：「我有一隻狗名叫小雨。」我原本想問他們有沒有養寵物，但很快想起我們寫的作文，還有芙契的貴賓雞。「小雨都吃『我的寵物』牌飼料，」接著又說，「你那隻咕汪叫的貴賓雞都吃什麼，芙契？」

芙契又笑了，但是這次是真的在笑。「你還記得！」她驚呼。她想了一會兒後說：「嗯……一隻會咕汪叫的貴賓雞都吃囧飼料。」

「囧飼料！」安德驚訝得大叫。

「噢，」我說，「因為把雞跟狗合在一起唸聽起來就像『囧』。」

安德哈哈大笑，連萊普樂老師也笑了。現在我不難過了，反而很開心萊普樂老師跟我說開場白的事，就像我爸爸很高興威爾頓叔叔可以載我上學，但又很氣他先想到這個解決辦法。

第10章　安德不遵守規則

庫瑟兒老師當我的導師的第三十二天，我在聽見嗡嗡聲卻什麼也沒說的情況下，完成了兩頁數學練習題，那是萊普樂老師放在包包裡的手機發出的聲音。當我解完最後一題，看向萊普樂老師。她說：「好極了，蘿絲，你今天非常專心。」

我瞄了一眼時鐘，看見距離下課還剩四分鐘。「我可以玩披薩遊戲嗎？」我問。

萊普樂老師看向那個放數學類遊戲的書架。「有其他人正在玩，現在披薩遊戲不在架子上。你要做點其他事情嗎？」

「不要。我要等披薩遊戲。」每次數學課有多的時間我都會玩披薩遊戲，萊普樂老師很清楚。

我在座位上耐心的等了一陣子，然後站起來四處尋找。

「在那裡！」我大喊，「萊普樂老師，在安德的桌上，而且他沒有在玩，他在跟馬丁講話。」

「冷靜一點，」萊普樂老師說，「你要不要問安德現在可不可以換你玩？」

「他不玩的話應該要把遊戲放回書架上！」我指向貼在教室門旁邊，那些庫瑟兒老師訂下的班級守則。「你看！守則第六條：『所有遊戲、用品、美勞用具沒有使用時，一定要放回原位。』他不遵守規則！」

「我想他不是故意的。」萊普樂老師說。

「他應該要接受處罰。」我說。

「庫瑟兒老師晚一點會找他談這件事情。」

現在安德看著我，班上其他人也看著我，然後他把披薩遊戲遞給我。但我沒接過來。「這不公平，」我對萊普樂老師說，「我乖乖的排隊等玩遊戲，但是現在數學課已經結束了。」

「我很抱歉，蘿絲。」安德對我說。

我抓起我的練習題，指甲深深陷進那幾張紙裡面。

「蘿絲，請把練習題給我。」萊普樂老師說。

我開始大哭。「我乖乖的在排隊。」

「我知道，但你沒必要毀了你的練習題，把它們給我，然後我們去走廊上冷靜一下。」

萊普樂老師把練習題放到庫瑟兒老師的桌上，接著把我帶到走廊上。我們走出教室門口的時候，我用手指用力戳著那張守則。「第六條！第六條！」我失控大吼。

第11章　小雨來學校

庫瑟兒老師當我的導師的第三十三天，早上八點十六分，威爾頓叔叔開著他的雪佛蘭休旅車出現在我們家的車道上。他看見我跟小雨坐在門廊上，左手伸出車窗向我們揮手，然後把頭也探出窗外。

「蘿絲！」他叫我的名字，「帶小雨一起上來。我今天不用上班，小雨可以跟我待在一起。」

這不是我們的固定行程。我在門廊上站了一會兒，然後看向小雨。

「快來啊！」叔叔呼喚我，「小雨跟我在一起會玩得很開心，她不會孤單的。」

「好吧。」我爸爸已經去汽車修理廠上班了，所以我鎖上身後的門，牽著小雨走向車子。

前往哈特福小學的路上，小雨坐在我和威爾頓叔叔的中間。

「你的同音字表上有『海報』跟『海豹』這一組嗎？」我們經過二十八號公路上那間叫「咖啡杯」的咖啡店時，威爾頓叔叔問我，「我昨天晚上想到的。」

「有啊，我非常喜歡這一組。」我回答。小雨把一隻腳掌放在我的大腿上，我撫摸著她的腳趾。「你跟小雨今天打算做些什麼？」

「我堆木柴的時候她可以在院子裡玩，然後也許我們會去散步。」

「好啊。」雖然這不在固定行程之內，但我很開心小雨可以和威爾頓叔叔度過美好的一天。

休旅車開到哈特福大道上，威爾頓叔叔說：「蘿絲，祝你今天上學愉快。

我跟小雨下午兩點四十二分會來接你。」他轉進接送區，越過我的大腿把靠近副駕駛座的車門打開。

「再見。」我說。跳下車前，我跟威爾頓叔叔手指交叉，觸碰心臟。

我跑向萊普樂老師，她正站在校門口等我。

「早安啊，蘿絲。」她說。

我們一起快速穿過走廊，走進庫瑟兒老師的教室。當芙契大叫：「嘿！有狗！」的時候，我已經掛好毛衣，也把回家作業從書包裡拿出來了。

芙契指著門口，所以我轉過身往門口的方向看去。

是小雨。她站在那張班級守則的下面。

「小雨！」我驚呼，「你在這裡做什麼？」

「那是你的狗嗎？」安德問我。

小雨一看到我，便小跑步來到我的桌子旁邊。

「對。」我回答。

「就是你作文裡的那隻狗？」賈許．巴托問我。

「對。」我回答。

「她在這裡幹什麼？」芙契很好奇。

我搖搖頭。「我猜她是跟在我後面進來的。」小雨一定是趁威爾頓叔叔關上車門的時候跳下車。

「可是她怎麼知道你在這裡？她找到我們教室的時候，你才剛進來兩分鐘。」一個名叫帕菲妮的女生指出這一點。

「她是靠鼻子找到我的。」我告訴她。

我坐到地上，雙手抱住小雨。她舔了舔我的額頭，也跟著坐了下來。

「她好可愛。」芙契說，並且跟我們一起坐到地上。「我可以摸她嗎？」

「可以。」

芙契用手撫摸著小雨的背，小雨開心的露出笑臉。

「她幾歲啊？」賈許問。他坐到我們旁邊，庫瑟兒老師的教室裡現在有三個人類跟一隻狗坐在地上。

「我不太清楚，我爸爸在某個下雨的晚上找到她。我們不知道她那時候幾歲。」

「她是搜救犬嗎？」安德問。

我還沒回答，帕菲妮又問：「她是怎麼用鼻子找到你的啊？」

「她的嗅覺很靈敏，狗都是這樣。但我覺得小雨特別厲害。」

現在大家都擠在我們旁邊，包括萊普樂老師跟庫瑟兒老師，而且有五個人同時撫摸著小雨。

這時，我聽到威爾頓叔叔的聲音。「不好意思，請問一下……」然後那個聲音說：「噢，謝天謝地，小雨，你在這裡！」

我叔叔的身影出現在教室門口。

「她找到我了。」我說。

「可不是嗎？你下車後她也想跟著你下去。我雖然抓住她，但是她趁我關門時跳了下去。」威爾頓叔叔轉向庫瑟兒老師，「真抱歉，這是我的錯，是我提議早上帶小雨一起來的。」

庫瑟兒老師微笑著說：「沒關係。」

「小雨有一副好鼻子。」芙契摸著小雨的鼻子說。

「蘿絲，你真幸運。」帕菲妮說。

庫瑟兒老師多花了三分三十秒讓全班跟小雨打了招呼，然後才說：「好了，同學們，該做正事了，跟小雨說再見吧。」

威爾頓叔叔口袋裡準備了一條狗繩，他在把小雨帶到走廊上之前，把繩索扣到她的項圈上。

「小雨，再見！」我的同學們一起大喊。

今天在學生餐廳裡，我跟我的午餐好朋友們有話題聊了。

第12章　還有一些關於同音字的事情

底下是幾組很不錯的同音字：

精緻／精製

植物／職務

交待／交代／膠帶

瞭解／了解

最後那一組同音字，很有趣也很無聊，因為你可以用通同字找到其他的同音字。例如飄蕩／漂蕩、炮火／砲火。有趣的點是這讓同音字看起來更有意義，但是也太容易找到。

雖然如此，我還是喜歡所有的同音字。

庫瑟兒老師當我的導師的第三十四天，賈許．巴托告訴我：「蘿絲，你為什麼要自找麻煩想這些同音字？你知道的，只要查《詹式同音字典》就可以找到一大堆，或是上網搜尋『同音字』就能馬上有一張同音字表，永遠都列不完。」

我想了一下。賈許說的這件事情有兩個問題：一是之前賈許建議我用電腦列同音字的時候，我和我爸爸都沒有電腦，我們到現在還是沒有；二是我的同音字規則裡有一條就是我得靠自己想，抄別人的表有什麼意義呢？我的表是完全原創的。

但我只是看著賈許的眼睛說：「我很高興你對同音字感興趣。」

第13章　最後

放學後的固定行程是威爾頓叔叔會在下午兩點四十二分時來接我，然後在兩點五十八分到三點零一分之間抵達我家。當我打開家門，小雨會跳上跳下的迎接我，舔我的手跟臉，有時候還會對著我叫。在那之後，我們會在門廊上坐一會兒，但如果碰上下雨或是天氣很冷，那我們就不會坐在門廊上。上學第三十五天的放學後，我們就沒有坐在門廊上，那天有點冷又起霧，所以我們只花了六分又三十秒散步。我試著帶小雨回家的時候，她拉扯著牽繩，我知道她想多走一會兒，但天氣實在是太濕冷，而且滿地泥濘。

「我要去看看那個盒子。」小雨不情願的跟我回到院子時，我對她這麼說。

在我們家門口的外套衣櫥架子上有一個盒子，那是一個帽盒，盒子的兩端用一條白色的緞帶固定，緞帶上有許多磨損痕跡，讓我相信這個盒子和緞帶已經很舊了。而且，這個盒子以前是藍色的，但多年來褪色許多，現在變成蒼白的灰色。

盒子裡裝著我媽媽的物品，至少在她離開我們之前曾經屬於她。我爸爸不介意我看這些東西，所以我大約每四個月就會看一次，也就是一年看三次（4×3=12）。

我拉了一把椅子到衣櫥旁，小心翼翼的把盒子捧下來，放到餐桌上。打開盒子之前，我先研究了一下盒子外側，看能不能找到什麼有關於我媽媽的線索，但上面什麼都沒有。盒子看起來一點都沒變，除了顏色愈來愈淡，緞帶愈來愈多毛邊。

我真希望我媽媽在盒子上寫些什麼，像是「這些是很重要的東西」或是「給蘿絲的禮物」，甚至寫個什麼「寶藏」也好。但上面沒有任何文字和線索，或者諸如此類的東西，我甚至不曉得這個盒子是不是真的是我媽媽的，或者只是我爸爸拿來裝她的東西。我爸爸已經不再跟我說這個盒子，或是裡面東西的事情了。

我把緞帶鬆開，打開盒蓋，看著那些熟悉的東西，然後把它們一個個拿出來。我把所有東西擺在桌上，從左到右排成一排，我每次都從那條有一個銀色鳥巢墜飾的項鍊開始看。那個鳥巢裡有三顆假的珍珠，應該是鳥的蛋，這條項鍊暗示（暗室）了我媽媽的什麼事情呢？也許她是一個喜歡鳥和鳥巢，或是鳥蛋的人。

接著我拿出一個看起來像是深棕色圓錐體的貝殼，那東西叫做螺絲鑽。我媽媽一定也喜歡螺絲鑽。她喜歡鳥、鳥巢、鳥蛋和螺絲鑽。

我拿出的第三樣東西是一張黑貓的照片，照片背面上寫著「午夜」。我不記得我爸爸在帶小雨回家之前我們養過貓，或是其他任何寵物。我多研究了那隻貓一會兒。我媽媽喜歡鳥、鳥巢、鳥蛋、螺絲鑽、照片，和叫「午夜」的黑貓。

看完照片之後，我檢查起兩個別針。第一個別針是一個小小銀色的R，代表蘿絲。我真想知道為什麼我媽媽沒有把它帶走，也許她不希望想起我。畢竟她離開了我和我爸爸，又怎麼會想要想起我們呢？第二個是一種叫做帽針的別針。我會知道這些別針的事情，是因為在我還很小的時候我爸爸會陪我一起看這個盒子，告訴我裡面那些東西的事情，但他現在不這麼做了。因為他以前會陪我一起看，所以我才知道那個R代表蘿絲，而第二個別針是一個帽針。那個帽針看起來像一根粗大的針，在應該是圓頭的那一端上黏了一個迷你時鐘，上面的指針是畫上去的，它們指著七點十五分。有一次我問我爸爸，那個時鐘顯示七點十五分有什麼原因嗎？他回答：「沒有。」

我想知道我媽媽喜不喜歡同音字；我想知道她喜不喜歡質數或規則，或是單字。

我想知道她是不是因為我喜歡這些事情才離開。

那個帽盒裡還有一個水牛圖案的錢幣、一張伊莉莎白·派森與衛斯理·霍華德在哈特福的第一長老教會舉行婚禮的剪報、我出生時戴的醫院手環，還有一條玫瑰圖案的圍巾。

如果我能知道更多我媽媽的事情就好了。我知道她長什麼樣子，沙發旁邊的茶几上有兩張她的照片，但我想知道除了喜歡鳥、鳥巢、鳥蛋、螺絲鑽、照片、名字叫午夜的黑貓、帽針、字母R、時鐘、七點十五分、錢幣、水牛、她的結婚啟事（啟示）、我的醫院手環、玫瑰圍巾之外，其他關於她的事情。

我看了看廚房牆上的時鐘。我今天晚上有三份回家作業，是時候開始寫作業然後準備晚餐了。我把那些東西依序放回盒子裡，先放圍巾，最後才放那條項鍊，再把盒子放回衣櫥的架子上。

晚一點的時候，當我正在把「我的寵物」乾糧加到罐頭裡時，收音機傳來天氣預報：「……暴風雨正在接近中。颶風蘇珊預計將在三天之內登陸（登錄），它的規模巨大，是一個有機會成為世紀風暴的超級颶風。」

那場颶風

第14章 氣象臺報導的超級風暴

在我聽說颶風蘇珊的那天，我爸爸在五點四十三分下班回到家，這是一個很有趣的時間點，因為這三個數字的順序是倒過來的。而且，這個時間點也代表著J&R汽車修理廠打烊後，我爸爸大概只在好運酒吧裡喝了一杯而已。

晚餐我準備了一成不變的冷凍雞腿、飯和牛奶。小雨已經吃過「我的寵物」牌晚餐，我和我爸爸面對面坐在廚房的桌前，小雨擠到我的椅子底下，我直直的看著我爸爸的眼睛，隻字不提同音字的事情。

「你幹嘛盯著我看，蘿絲？」他問。

「有一個叫做蘇珊的颶風要來了。」

「你從哪裡聽來的？威爾頓那裡嗎？」

「廣播裡的天氣預報，頻道八十八點七。」

我爸爸聳了聳肩。

「那將會是一個規模巨大的颶風。」我補充說。

「有多巨大？」

我沒聽到細節，所以我回答：「是一個超級颶風，有可能變成世紀風暴。」

我爸爸又聳了聳肩。「我們住在內陸，距離海洋非常遠，颶風不可能影響到我們這裡，它們通常在沿海地區就會被擋下來，有時甚至無法靠近海岸，就會調頭回海上。」

我思考了一下。「頻道八十八點七是我們的地方廣播電臺。」

「所以呢？」

「我們的地方廣播電臺在討論那個颶風。」

我爸爸有時候會發出咕噥聲，聽起來像「嗯哼」，就像現在一樣。「嗯哼。」他喝了一口牛奶說：「好吧，我們待會看一下氣象頻道。」

於是我們一吃完晚餐、我把碗洗完之後，我就把客廳的電視打開。

我轉到第83臺的氣象頻道——83是一個質數——有兩個人坐在桌子前，他們的名字寫在螢幕上：蒙妮卡．芬德利和雷克斯．凱普斯。蒙妮卡和雷克斯的表情嚴肅，在他們身後的美國地圖上，在接近地圖右方的大西洋，有一個巨大的紅色球狀物打轉，那應該就是颶風蘇珊的圖像。它占據了好大一塊海洋的面積。

蒙妮卡和雷克斯翻著紙張和彼此對談，接著雷克斯轉身指向那個紅色的球狀漩渦，而畫面左手邊的一個小視窗裡跳出一張臉。現在蒙妮卡和雷克斯正在和名叫哈蒙．葛馮的第三個人對話，哈蒙．葛馮是一位颶風專家。然後，第二張地圖出現在畫面上，整個畫面同時有太多東西，我沒有辦法每一個都跟上。

我用手指摀住眼睛，把大拇指塞進我的耳朵裡，就在這時候，我隱隱約約聽到我爸爸走進客廳說：「蘿絲，別又來了，如果電視讓你覺得焦慮，把它關掉就好了。」然後他又加了一句，「你怎麼了？」

「把電視關掉。」我跟他說，手還是摀著臉。

我聽到電視被關掉。「到底怎麼了？」

我把摀住眼睛和耳朵的手移開。「剛剛的螢幕上太多東西了。」我試著清楚的表達我的問題。

我爸爸嘆了一口氣。「什麼？」

「三個人和兩張地圖，還有太多噪音。」

「等你睡著後，我晚一點再看氣象。」我爸爸最後這樣說，然後他又問：「你是害怕那個颶風，還是只是覺得太混亂了？」

「我沒有害怕。」我回答。

他對我皺了一下眉頭，然後咕噥著發出一聲嗯哼。

「你聽好，那個暴風雨不會跑得這麼遠，那些氣象報導的人就喜歡小題大作，這樣大家才會看他們的節目。我們這裡可能只會有點風雨，只是這樣而已。」

「好吧。」

「你為什麼不去睡覺？」

「因為現在還太早了。」我的固定行程是帶小雨散步四十五分鐘，然後換上睡衣，再來才是上床睡覺。

「好吧，別再想那個暴風雨了。」

「好。」

「我想我等等會出去一下。」

「好。」

第15章 我們住的地方

我爸爸又回去好運酒吧的時候，我腦中思考著那個名叫蘇珊的颶風，心裡很好奇哈特福距離大西洋有幾公里。我需要看地圖，但是我不想再把氣象臺打開。我在安靜的房子裡，坐在沙發上輕輕摸了小雨好一會兒，然後我想起車庫裡有一張紐英倫地區的地圖。我穿上我的帆布鞋，用手電筒照亮前方，從院子走到那個方正的白色車庫。小雨一路緊緊的跟在我身邊，近到我可以感覺她的肩膀抵在我的腿上。

我打開車庫裡的燈尋找地圖，看到它在我爸爸的工作臺上，之前用完沒有折好，上面的摺痕亂七八糟，讓整張地圖膨起來，一點也不平整。於是我把它在工作臺上攤開，照正確的順序折回去，再重新攤開。我用一隻手指指著地圖上哈特福的位置，而在我的手指和大西洋之間，是整個麻薩諸塞州和一小部分的紐約州。也許我爸爸說得對，也許我們真的住得很裡面，颶風不會來打擾我們。但為什麼氣象預報要警告我們小心那個超級風暴呢？

我把地圖重新折好，確定每條摺痕的方向都沒錯，然後跟小雨離開了車庫，回到了屋子裡。我坐回沙發上，想著胡德大道和我們家這一區。

底下是一些關於我住的地方的情況：

1. 胡德大道上的建築物有好運酒吧、J&R汽車修理廠、我和我爸爸及小雨住的房子，還有我們家的車庫，就這些。
2. 我們的房子位於一個小坡上，房子往胡德大道的方向傾斜，然後胡德大道又一路往下延伸到J&R車庫和最尾端的好運酒吧。

3. 我們家院子裡有八棵非常高的樹，其中四棵是楓樹，兩棵是橡樹，一棵是榆樹，還有一棵是樺樹。我們家後面是一片樹林。

4. 我們家這一帶有很多條小溪，它們都沒有名字，最大的一條和胡德大道平行，就在我們家院子和大道中間，流過我們家車道尾端的那座便橋底下。我從來沒看過裡面的水深超過二十七公分。其他小溪的源頭在距離胡德大道更遠的地方，然後在我們家前面這一條匯集，一路流到最下面。

這些情報沒有同音字或質數來得有趣，就只是一些訊息而已。但你閱讀接下來的章節時會需要瞭解這些資訊，例如第十九章〈小雨沒有回應我的呼喚〉，就發生在颶風蘇珊離開後的那一天。

我停止思考胡德大道和我們家附近的事情，因為帶小雨散步的時間到了。

那天再晚一點的時候，當我躺在床上，聽著我爸爸的車開進車道的聲音，我把小雨抱進懷裡。我們住在內陸。我這樣告訴自己。這絕對是件好事，我不斷對自己這樣說。

我們住在內陸，我們住在內陸，我們住在內陸。

第16章　如何做好防範颶風的準備

我爸爸是在星期一說那些播報氣象的人喜歡小題大作，這樣大家才會看他們的節目。星期二，他微微皺著眉頭說為什麼氣象頻道的那些人報導颶風路徑時不能再具體一點？到了星期三，他嗯哼了一聲，說他從來不記得有停電超過四天的時候。

今天是星期四，威爾頓叔叔送我回家的時候我爸爸在院子裡，他正在檢查我們的汽油桶是不是滿的。小雨趴在門廊的沙發上看著他，她正把頭放在前腳上休息，但眼睛留意著四周。

「再見。」我對我叔叔說。因為我很喜歡他，所以關門前我靠回座位，直直看著他的眼睛，清楚的說：「謝謝你載我回來。」

威爾頓叔叔對我微笑。「不客氣，我們明天見囉。」手指交叉，觸碰心臟。

我叔叔透過擋風玻璃對我爸爸揮揮手，然後把車子掉頭。

「你沒去上班。」我對著我爸爸說。

「嗯，沒去，你的觀察很敏銳。」

這句話應該帶著諷刺意味，有點像是嘲弄的意思。

小雨跳下門廊來迎接我，然後我爸爸說：「我要去鎮上買颶風來時的物資，你和小雨要跟我一起去嗎？」

「為了那個被稱為颶風蘇珊的超級風暴嗎？」

「是的，你要跟我一起去嗎？」他又問了一次，這是提醒我回答他的問題。

「要，我要去。」我回答。

我和我爸爸一起坐在卡車的前座，我坐在他旁邊，小雨坐在後面。卡車沿著胡德大道行駛，經過J&R修理廠的時候，我爸爸向傑瑞揮揮手，他是修理廠的老闆之一。我不曉得為什麼我爸爸今天沒有上班，但是我一個問題都沒問。

在胡德大道的盡頭，我爸爸沒有打方向燈就向左轉。

「嘿！你沒有——」我大叫。

但是我爸爸說：「別囉嗦，蘿絲。」他連看都沒看我。

我們來到哈特福，我爸爸把卡車彎進了五金賣場附近的停車場。賣場裡聚集著一大堆來採購的人潮，幾乎沒辦法在走道上走動。

我絞動雙手。「2，3，5，7，11，13……」我反覆唸著，看向天花板。

「停下來，蘿絲。」我爸爸對我說。

「蘿絲、螺絲。數目、樹木。利器、力氣、戾氣。」

「蘿絲，夠了。你到底怎麼了？是因為這裡人太多的關係嗎？」

「對。」

「你需要回車上去嗎？」

「我不知道。」

「那我需要你合作一點。」我爸爸把我拉到賣場內一個安靜的角落，「大家現在都跑出來採買，我希望在東西被買光之前買到我們要的，所以你可以冷靜一下過來幫我嗎？」他抓著我的肩膀，抓得有點太緊了，而且他的臉靠我非常非常的近。「蘿絲？請你當我的助手，好嗎？」

助手／駐守。

「好。」我回答。

我爸爸找來一臺手推車，我則把注意力放在我們需要的東西上。紙盤和紙杯，以防萬一我們家的洗碗機不能用；紙巾，以防萬一洗衣機不能用；水，以防萬一我們家的抽水機不能用，還有收音機用的三號電池、手電筒用的二號電池，和其他工具用的一號電池。

我幫我爸爸把我們買好的生活用品搬上卡車，接著我們又開車去超市，買了喜瑞兒麥片、麵包、狗飼料、罐頭湯，以及其他就算冰箱不能用也不會壞掉的食物。

在超市買完東西後，我們又去了艾克森加油站把汽油桶都加滿油。

那天晚上，山姆・戴蒙在晚上六點二十一分的時候打電話給我爸爸。他們要去好運酒吧，所以我和小雨留在家裡。

我想到我可以用耳朵聽氣象報告，只要我背對著螢幕、不去看它就好。我聽到雷克斯・凱普斯說颶風蘇珊預計將在幾個小時內登陸（登錄），然後沿著海岸往上移動。

　　沿著海岸往上移動。

我們住在內陸。我們住在內陸。

我想著那張被胡亂折起的紐英倫地圖，在我手指和大西洋之間的那些地方，但最後我還是打開了廣播，播報員說颶風蘇珊是一個十分巨大的風暴，而且將會在明天半夜（半頁）接觸到我們這一區。

我站在我爸爸收納物資的櫃子前面，開始數了起來：

16卷紙巾
24卷衛生紙
2大包餐巾
4包紙盤
2包紙杯

接著我看著食物，很想知道這些東西夠不夠我們撐過停電兩天、四天，或一個星期。

我很想知道如果有一棵樹倒在我們的房屋上會怎麼樣。

我和小雨一起坐在沙發上，一直坐到她的散步時間，之後我們躺上床，我用手臂抱著她，感覺到她的胸口隨著呼吸上下起伏。

我交叉手指，碰向小雨的心臟。

第17章　等待

隔天早上，我爸爸叫我起床，他說：「你很幸運，蘿絲，學校今天只開放到中午。」

這不在計劃裡，也沒有寫在學校的行事曆上。

我皺著眉頭坐起來。「為什麼？」

我爸爸站在走廊上，看著床上的我和小雨。「為什麼？」他重複我的問句，「因為那個你這整個星期都掛在嘴上的暴風雨啊。它今天晚上不曉得什麼時候就會掃過來了。」

「如果它晚上才會來，為什麼學校現在就得關閉？」

「老天，我怎麼會知道，大概要讓大家有時間準備吧。乖乖配合就是了。總之你今天放半天假，知道了嗎？」

威爾頓叔叔載我去哈特福小學，萊普樂老師陪我走去教室，大家都在談論颶風蘇珊，那個超級風暴。它已經從我們的南邊登陸，造成四個人死亡，數千人流離失所，許多城鎮淹水，電線倒塌。現在，那個颶風正往北前進，預計將轉向內陸。

我們住在內陸。我們住在內陸。

蘇珊的數字是74，不是一個質數名字，我最近也沒有想到新的同音字。

庫瑟兒老師點完名之後，他問全班想不想談談那個颶風。

大家都說好。

「這是史上最大的風暴。」賈許對大家說，他聽起來很開心。

「已經有人死掉了！」帕菲妮很不安的說。

我站起來高聲說：「2，3，5，7，11，13！」在我喊出17之前，萊普樂老師帶著我往走廊走去。

❦

那天中午十二點十七分，威爾頓叔叔把車停在我們家車道上。通常他放我下車之後會趕回去上班，但他今天特別被准許陪我等到我爸爸回家。我們兩個都沒有談起萊普樂老師的那封通知信，晚一點等我爸爸打開那個信封，他就會看到那個質數事件。

下午一點二十一分，我爸爸從J＆R修理廠回來，而我叔叔離開。「我們儘量保持聯絡。」他對我和我爸爸說，「希望這個颶風不會直接撲向我們，也許只是媒體過度炒作。」

「我明天再打電話跟你聯絡。」我爸爸回答。

威爾頓叔叔往車道走去，我拿出那封通知信，我爸爸看那封信的時候我們就這樣站在門廊上，然後他搖搖頭。「天哪，蘿絲，你就不能自己在心裡唸那些數字就好了嗎？」

⚘

接下來一整天，我爸爸都待在家裡，晚餐之後也是。我們的屋子裡只有我、小雨、我爸爸，還有外面的八棵大樹。

我開始聽到風聲和一點雨聲。

我爸爸打開電視看氣象，我坐在客廳的另一頭，背對著電視機。

「我們就在它的路徑上面，」我聽到我爸爸這樣說，「颶風一定會撲向我們。」

「摩根今天犯規，」我跟他說，沒有轉過身，「她沒有舉手，而且她打斷了庫瑟兒老師說話。」

我爸爸沒回應。

「你知道還有誰犯規嗎？是賈許。開學的第一天他就大吼大叫。大吼大叫違反了規定。」

「你要不要過來這裡，像個正常人一樣看電視？」

「安德有一次把我絆倒，他是故意的。還有芙契兩次在買午餐的時候插隊……」

「蘿絲，我聽不到電視的聲音了。」

「還有——」

我爸爸倏地站了起來，作勢要把遙控器砸到我身上，但我猜他想到電視不能沒有遙控器，所以他把它放下。「回你的房間去。」他說。

我往後退，小雨跟著我回到床上。我拿出同音字表，看了一遍又一遍，然後聽到氣象頻道的雷克斯．凱普斯的聲音從客廳傳來：「請到下方的連結瀏覽。」

我跳下床。「小雨！『連結』和『廉潔』是一組新的同音字！」

我用手指在表上找到ㄌ行，發現已經沒有空位給這一組新的同音字了，我得重新寫一份，從ㄌ行開始。

我寫到「戾氣／利器／力氣」就寫不下去了，因為我把「器」寫成了「汽」。我把筆甩出去。

「2，3，5！」我大叫著把紙揉成一團。

下一秒我爸爸站在走廊上，他先看了我一眼，又看了那團紙。「我真的是受夠了。」他輕聲說。

小雨慢慢走到我和我爸爸之間。

「如果你在這裡沒辦法控制自己，至少在學校的時候控制一下。我真的快被你煩死了，被那些通知信煩死了，被那些會面煩死了！」

「可是我的同音字表……」

我爸爸彎下腰撿起被揉成一團的紙。「不准再說同音字！把這些東西統統收起來。去睡覺！立刻！」

我爸爸一直沒有離開走廊，所以我跟小雨只好今天第二次更動行程，我沒換衣服就窩進被窩裡，小雨很謹慎的在我身旁趴下。

我們兩個都很需要去上廁所。

第18章 暴風雨的聲音

我爸爸關上我房間的門，我跟小雨的身旁一片漆黑，我可以看到門縫透進來的光線，還可以聽到氣象報導的聲音。

我睡不著，即使我把手放在小雨滑順的背上。

風聲愈來愈大，簡直跟火車的聲音沒兩樣。小雨發出低嗚。

我爸爸去睡覺了，因為電視的聲音消失了，門縫的光線也暗了下來。

雨愈下愈大，大到好像有雷打中我們的屋頂。小雨依偎在我身旁發抖。

院子裡的那些樹木（數目）發出了嘰嘰嘎嘎的斷裂聲，許多樹枝（樹脂）都斷了。

某個重物砰的一聲撞上我的窗戶，我抓緊小雨，不過窗戶沒有破掉。

我爬下床，躡手躡腳的走到門邊，打開房門聽外面的動靜。外面除了暴風雨的聲音之外，什麼都沒有。

我窺看我爸爸房間的那個轉角，門關著，門縫裡沒有光線。

我躺回床上，讓我房間的門就這樣開著。

我聽到一棵樹倒在我們家前院時，我的時鐘顯示著十一點三十四分。

一陣猛烈的狂風把什麼東西捲起來然後撞上我家大門的時候，我的時鐘跳到了凌晨一點五十三分，我真想知道我們把什麼東西給留在外頭了。小雨害怕得不停顫抖，連床鋪都跟著震動。

當時鐘顯示凌晨三點十分，我聽到不知道何處傳來一聲驚人的爆裂聲，也許是從街上吧，接著我的時鐘就一片漆黑，屋子裡所有滋滋聲都停了。

我們家停電了。

我用盡力氣（利器／戾氣）抱緊小雨，最後不知不覺的睡著了。

我醒來的時候，我的窗簾旁透出一圈微弱的光芒，整個屋子靜悄悄的，暴風雨應該走了吧。

可是，小雨不在我的房間裡。

第19章　小雨沒有回應我的呼喚

我們家廚房的流理檯上有一個非電子式的時鐘，它是一個藍色的圓形鐘，鐘面上畫著海浪圖案，海浪上面寫著「大西洋城」。暴風雨後的那個早上，我躡手躡腳的走出房間，來到靜悄悄的廚房。我第一眼看的東西就是那個時鐘，指針指著八點零五分，接著我轉頭查看我爸爸的房門是不是開著。門關著。我拿起電話仔細聽撥號聲，一點聲音都沒有。我按了幾個按鍵，還是一點聲音都沒有。我們不僅停電還不能打電話。

我走到客廳的窗戶旁往外看，天空裡烏雲密布，雨還沒停，但緩和許多，看起來好像馬上就會停了。樹上的樹葉輕輕搖曳著，風已經不像昨天晚上那樣強勁。

我們院子裡有兩棵樹倒了。是樺樹和榆樹。那棵樺樹被連根拔起，樹的頂端躺在我們家門廊的屋簷上；榆樹直接往另一個方向倒在地上，橫跨整條馬路，把電線桿也一起壓垮了。還有其中一棵橡樹從頂端到樹幹中央裂成兩半，樹枝接連倒下。我視線所及的地方，到處都是殘枝落葉。

我仔細檢視從人行道到車道上的路面，那裡就像其他地方一樣堆滿了樹枝跟葉片，一路延伸到大馬路上。

我屏住呼吸，發現自己看見那條跟胡德大道平行的小溪，這是我第一次隔這麼遠就能看見那條溪。正如我在第十五章〈我們住的地方〉提過的，那條溪的水深從來沒有高過二十七公分，但是現在它漫過河岸，淹到了兩側的馬路上，還有我家院子裡地勢比較低的地方。裡頭的溪水（嬉水）流得又快又急，水勢漲得像一條河一樣；原本的橋身被水勢襲捲，車道尾端整個被沖走，那些堅固的木板全都垮了，一路被沖到胡德大道上。

我們被困在自己家裡了。就算之後水退了，那條溪仍然會在那裡，而且上面沒有可以行走的地方。我轉過身，想著現在可不可以去叫醒我爸爸。我想問他那座橋的事情，也想知道他對於我們被困在家裡有什麼想法。

正當我要去敲他的門，我發現一直沒有看到小雨。她不在廚房，也不在客廳。我走回我的房間查看床底下，小雨有時候會因為害怕而躲進去。

小雨不在那裡。

我檢查了浴室（預視）。

小雨不在那裡。

我再看了一次廚房跟客廳。

「小雨？」我叫她，「小雨？」

沒有回應。

我提高了音量。「小雨？」

突然，我爸爸的房門砰一聲打開。

「蘿絲，不要再叫了。我讓小雨出去了，她需要去上廁所。」

「你把她放出去？什麼時候？」

「我不曉得，不久之前吧。」

「你有讓她進來嗎？」

「沒有。」

「你為什麼不讓她進來？」

「因為還很早，我回床上睡覺，她應該在門廊那裡。」

我忘了那些樹、那些水、那條車道，還有我們被困住的事情。我激動的打開大門。

門廊一片濕答答的，所有東西都在滴水，沙發也吸滿了水。

可是小雨依然不在那裡。我再一次呼喊她的名字，然後光著腳走到門廊上。我站在最上層的階梯叫著：「小雨！小雨！小雨！小雨！」我的叫喊在這個灰濛濛的早晨中迴盪。

但我只聽到滴滴答答的水聲。

我的呼吸變得急促。

我想這是恐慌的前兆。

「2，3，5，7，11。」我喊著，「2，3，5，7，11。」

第20章　我對我爸爸發脾氣

我坐在廚房餐桌旁的椅子上。

小雨出事了。

我爸爸把她放出去，而她沒有回來。

這不像她平常會做的事。

她可能是迷路了。

我再次站到窗邊往外看著那些湍急的水流、那些倒下來的樹，還有我們院子的下方，那裡現在看起來像個池塘。

「找到她了嗎？」

我跳了起來，轉身看著我爸爸，他站在他臥房前的走廊，穿著一件汗衫和短褲。

「你幾點讓她出去的？」我問。

「你這麼問的意思是你沒找到她嗎？」

「我叫她名字她都沒出現。」

「你就不能好好回答我的問題嗎？說：『沒有，我沒有找到她。』」

「沒有，我沒有找到她。你幾點讓她出去的？」

我爸爸抓了抓他的脖子，坐到餐桌椅上。

「停電了，」他說，「電話也是嗎？」

「我得回答你的問題，而你卻不用回答我的嗎？」

我看到我爸爸的嘴角抽動了一下，但他只說了句：「七點十五。」

七和一和五加起來是十三，是個質數，但現在看來我不覺得這代表什麼好跡象。「她已經失蹤超過一個小時了。」我回應我爸爸的話。

「現在該你回答我的問題。電話線也斷了嗎？」

對。小雨出去的時候你為什麼不看著她？」

「蘿絲。」

「你到底為什麼沒有看著她？」

「蘿絲，你快把我搞瘋了。」

「你為什麼沒有把我叫起來呢？」

「什麼？在小雨出去的時候嗎？我不知道，我們每次都讓她自己出去，而且她都會回到門廊上啊。」

「她從來沒有在暴風雨的時候出去過。」

「你吃過早餐了嗎？」

「我剛才在找小雨。」

「你、吃、過、早、餐、了、嗎？」

「還沒。」

我爸爸翻出那些補給品，他把紙碗跟紙杯放到桌上，加上一盒喜瑞兒麥片，再從黑漆漆的冰箱裡拿出牛奶。「牛奶還可以喝。」他聞了一下說。

我從窗戶走到餐桌旁，然後又走了回去。我打開大門大叫：「小雨！小雨！」

「早餐弄好了。」我爸爸說。

「小雨不見了。」我走回屋內。

我爸爸走到窗戶旁邊，說：「簡直是一團混亂。」

「車道上的那座橋被沖走了。」我告訴他，「我們被困住了。」

「該死。」

「我希望我們可以打電話給威爾頓叔叔。」

「找他幹什麼？」

「幫我找小雨。她出去的時候你為什麼不看好她？」

「我已經回答過這個問題了，蘿絲。現在過來吃早餐。」

我站在窗戶旁邊，然後我走進房間又回到廚房。「你為什麼沒有確認她有沒有回來？」

我爸爸用力拍桌，桌子上的牛奶盒跳了起來。他看著那個大西洋城的時鐘。「現在八點三十分，」他說，「而我已經受夠你了。」

八點半是我爸爸受夠我的時候，也是我注意到小雨的項圈還掛在門把上的時候。那是我昨天晚上掛上去的，就在我和小雨沒上廁所就被我爸爸命令上床睡覺之前。

小雨在外面迷路了，而且沒有帶著她的項圈。

她沒有任何身分識別物。

是我爸爸把她放出去的，所以我很氣他。

第21章 小雨的鼻子

所有的狗都有一副靈敏的鼻子，但小雨的絕對特別靈敏。我想起那天她跟著我穿過學校的走廊，直到她在庫瑟兒老師的教室裡找到我。她的鼻子得在許多小孩和老師的味道中挑選，然後找出我的味道來追蹤。

我記得帕菲妮說：「你好幸運噢，蘿絲。」她的意思是我很幸運能夠擁有小雨，一隻鼻子很靈敏的小狗。

我吃不下我爸爸為我準備的喜瑞兒麥片，於是離開餐桌，又站到大門前。

「欲速則不達。」我爸爸說。他稀里呼嚕的吃了幾口麥片，然後配著不冰的罐裝可樂一口吞下去。

「什麼？」我問。

「沒聽過這個說法嗎？就是說……」我爸爸停頓了一下，「就是說，嗯，意思是你別一直站在那裡，小雨想回來就會自己回來了。」

我轉過身面向我爸爸，「小雨有一副靈敏的鼻子。」我告訴他。

「嗯哼。」

「她真的有。即使她在暴風雨裡面迷路，她的鼻子也會幫助她找到回家的路。」

「你說是就是。現在過來吃你的早餐。」

那一天漫長又昏暗，雨不再落下，風也不再呼嘯，但是太陽沒有出來，我們的房子裡依然很冷。我爸爸穿上長褲和一件法蘭絨的上衣，在火爐裡生了火。我想如果小雨在這裡的話，我會覺得更溫暖。

吃完早餐後，我問我爸爸我可不可以去外面找小雨。

他站在門廊上考慮這個請求，最後說：「你可以去外面，但是不可以離開院子。外面有倒掉的電線桿，你可能會觸電。不准靠近任何電線，也不准靠近任何有水的地方。你不知道那些湍急水流的威力。」

「小雨能在裡面游泳嗎？」我問。

「在湍急的溪水裡？應該沒辦法吧。」

我繞了院子一圈後大叫：「小雨！小雨！小雨！」我得踩在那些樹枝上，還有爬到那些倒下來的樹上。

沒有小雨的蹤跡。

我走向通往胡德大道的斜坡，但是在碰到水之前停了下來。我們院子裡的水並沒有流得很急，但我不曉得水有多深。靠近馬路那邊的水流得很快，就像我爸爸形容的那樣。我丟了一根樹枝進去，它瞬間消失不見。

我呼喚著小雨，但水流的聲音太大，我幾乎聽不見自己的聲音。

我走回屋子裡。我爸爸正坐在餐桌前，試著調整那臺電池式收音機的頻道。

「爛東西。」他抱怨著，下一秒，收音機便發出聲音。

「它可以用了！」我說。我想起我爸爸對於我敏銳觀察的諷刺評論，等著他說些什麼，但他只是胡亂調整著轉盤。

終於，他轉到了一個播報洪水警戒的氣象預報。

「真是太棒了，」我爸爸說，「洪水警戒。」

這句諷刺是針對收音機的。

午餐我們吃了一根香蕉和沒加熱的貝果塗花生醬，然後我爸爸說：「不如來清理院子吧，反正沒其他事情可以做。」

「我希望我們能跟威爾頓叔叔說話。」我說。

「嗯哼，但我們不能。電話不能用，路也都不通。」

整個下午我們都在院子裡做事情。天色暗下來的時候，大部分的樹枝都被堆疊起來，等它們乾了之後可以拿來當木柴用，至於那些樹則得用圓鋸機來處理。

我爸爸往一片漆黑的屋子走去。我在院子裡站了一會兒，看看四周，期待可以看見小雨的眼睛在最後一絲陽光下閃爍，我目不轉睛的注視（注釋）著周遭。

什麼都沒有。

那天晚上我睡不著。我躺在床上想著小雨，一共爬起來確認門廊五次，希望小雨憑著她的嗅覺回到家了。但我沒看到她。

最後我睡著了，直到隔天早上我爸爸來敲我的房門。他走進來說：「學校將會無期限關閉。」他手裡拿著那臺電池式收音機。

「小雨在門廊上嗎？」

我爸爸嘆了一口氣。「沒有。」

「我們今天要做什麼？」

他用手指向窗外。「太陽很大，而且比較溫暖了，我們可以再去院子裡做點事。」

「好。你覺得無期限是指多久？」

我爸爸搖搖頭。「蘿絲，無期限就是無期限，也就是說，他們也不知道要多久。」

所以無期限意謂著不確定。我不喜歡不確定。

「沒有人可以大概估算一下嗎？」我問，「我真的很需要知道。」

「抱歉，你得一直等下去了。」我爸爸拿起收音機，「我一直在聽新聞報導，到處都停電，數百萬人活在一片漆黑中。數百萬。電力大概要花好幾個星期才能恢復，你的學校在那之前都不會開放。」

可是我需要我的固定行程。

其實我最需要的是小雨。

我爸爸和我吃了乾的喜瑞兒麥片和薄餅沾花生醬當早餐，然後我們走到院子裡。在我爸爸準備處理那些橫倒的樹時，我走向胡德大道的方向去看那灘水。我們院子裡的水位看起來低了一點，但我仍然可以聽到環繞在四周的水聲，急促的溪水奔騰而下，那些小支流變成小溪，小溪又變成河，我可以想像如果它們沖走我們家的橋，那它們肯定也沖走了其他東西。大大小小的東西，也許是一棟房子，還有各種生物。

我看著仍然橫倒在胡德大道上的電線桿，以及好運酒吧的方向。那些樹橫倒在馬路上，把路都堵住了。我領悟到距離威爾頓叔叔能來拜訪我們之前，還得要好長一段時間。

到了傍晚左右，就在我爸爸已經厭倦拿著小型電鋸到處鋸樹時，我看到有一個人正想辦法在馬路上清出一條路。

「約翰！」我爸爸喊著。

那個男人向他揮手，接著他費力的走到馬路邊，站在靠近通往我們家那座橋原本的位置。「我就猜到你被困住了。」約翰說，他有一個質數名字（John，47），可能是我爸爸在好運酒吧認識的朋友。

我爸爸一隻手插腰，用袖子擦了擦眉毛。「是啊，在我把橋修好之前應該得這樣一陣子吧。或許我可以在小溪上搭一座臨時便橋。有聽到什麼消息嗎？」

「附近淹水的情況很嚴重。」約翰47說，「整個鎮都被沖走了，不是我們的鎮，是其他地方。大家的房子都沒了，一大群人被迫撤離，不知道那些房子的主人會到哪裡去。」

我爸爸搖搖頭。「真的是一團混亂。」

直到晚上我們上床睡覺的時候，我才發覺小雨已經失蹤三十七個小時了，又是一個是質數的數字但不是好兆頭。

我穿著好幾件衣服躺進被窩裡，因為家裡很冷，外頭傳來奔流的水聲。

我第一次覺得小雨可能真的迷路了，所以她才找不到回家的路。

第22章 一定發生了什麼事情

我在床上躺了好久好久。我睡不著。雖然我的房間很冷，我還是把窗戶開了一個小縫。我聽著湍急的水流聲，想像著山坡上的細小水流一點一滴的匯入小河和小溪中，聚集了力氣（利器／戾氣）和速度，最後遇見（預見）大河。接著，我想像所有的小水流、小溪、小河、大河都因為颶風蘇珊的三百八十一毫米的降雨量而暴漲。那是我們在十二小時內的降雨量，超過一英呎，這些訊息是我爸爸從那臺電池式收音機裡聽到的。

我試著想像當那座橋崩塌的時候，我們家車道的模樣。那些木板在被沖向胡德大道時，肯定裂開移位（一味）了。我想起我爸爸說的那些有關於水流力量的話，還有約翰47說許多房子都被沖走的事情。

我想我終於知道小雨發生什麼事情。這是我的想法：在我爸爸把小雨放出去外面後，她在微弱的光線下走過了我們家的院子。她很聰明，而且有一副很靈敏的鼻子，但是她不太知道該離院子下方那灘水遠一點，那對她來說是從沒見過的東西。小雨是隻很好奇的狗，也許她探頭去看她的鼻子能不能告訴她那些湍急的水是什麼，也許她看到有什麼東西漂在水上，於是她走近想看清楚一點。但也有可能她只是想喝點水。

無論如何，小雨走得太靠近，而那些水把她沖走了。她是個游泳好手，但也許在她設法爬上岸前，她已經被沖得離家太遠。當她終於搆到岸邊爬上去，卻到處聞不到熟悉的味道。那個地方遠到她嗅不到我，加上外面颳風淹水，空氣中瀰漫著她不熟悉的氣味。小雨被搞糊塗了。她掉頭往回走，卻不知該往哪裡去，然後她開始走錯方向。

結論是，我認為小雨被水沖到離家很遠很遠的地方，因此她得花非常非常長的時間才能找對路回到我身邊。

小雨，你在哪裡？

我的心開始撲通撲通的跳。

2，3，5，7，11，13。

接下來

第23章　為什麼我爸爸生我的氣

隔天是星期一，晴朗的天空一片蔚藍。早上八點，一個很適中的質數氣溫華氏59度[1]，當我背對著院子站在門廊上，我並不覺得這裡六十個小時前才被一個超級風暴侵襲。但當我轉過身，看到那些倒下的樹和濕淋淋的草地，還有那條直直流向胡德大道的小溪，上面少了那座我們車道尾端上的橋，讓我想起我爸爸和我仍然被困在這裡。

還有，小雨依然失蹤。

還有，電力還是沒恢復，我們家的電話也是。冰箱已經變成常溫了，昨天晚上我爸爸丟掉裡頭所有的東西，冷凍庫裡的東西也沒倖免，冰塊都沒了，我們只剩下幾桶水可以沖馬桶。

「沒辦法沖馬桶的時候我們該怎麼辦？」我問。

我爸爸坐在餐桌旁，直接從罐頭裡挖鮪魚當早餐，他還吃了一顆蘋果，喝了一罐薑汁汽水。他不介意喝不冰的氣泡飲料。「我們就去樹林裡。」他回答。

我研究他的表情，搜尋著開玩笑的跡象，例如一個微笑。但我覺得他不像是在開玩笑，所以我說：「我們要怎麼在樹林裡上廁所？」

「這是什麼問題，就站在一棵樹後面尿啊。」

「我不想在樹林裡尿尿。」這感覺一點都不衛生。

「嗯哼。」

1 注：華氏五十九度相當於攝氏十五度。

「其他的選項是什麼？」

「你的意思是？」

「除了躲在樹後面尿尿，我們還可以怎麼做？」

「不曉得，尿在水桶裡吧。」

這聽起來好一點。「我可以把水桶放在浴室嗎？」

我爸爸聳聳肩。「隨你的便。」

「什麼意思？」

我爸爸嘆了一口氣，很可能代表他很煩。「意思是隨便你想怎麼做。如果尿在廁所的水桶裡讓你比較開心，那你就尿在廁所的水桶裡，但你得自己清理水桶，我是不會幫你的。」

我把喜瑞兒麥片倒進碗裡，在我爸爸對面坐下，直接吃乾的麥片。「我們今天要做什麼？」我想知道。

「繼續把那些樹鋸開。」

「我希望我們能去找威爾頓叔叔。」

我爸爸伸手指向窗戶。「我們家車道上神奇的出現了一條橋嗎？」

我轉頭看過去。「沒有。」

「那我們就不能去找威爾頓。句點。對話結束。」

⚘

吃完早餐後，我爸爸替小型電鋸加油，然後回到院子裡繼續鋸那些倒木。

我被禁止靠近電鋸周圍三公尺的範圍內，這是件好事，因為它會製造非常大的噪音。我的工作是把小樹枝堆到木頭堆上。當我受不了電鋸發出的噪音時，我會休息一下，用手摀住耳朵，在院子裡走來走去。我站在路邊看著那些已經不再快速流動的水流，想知道星期六時，那些水能把小雨帶到多遠的地方。我想知道她從水中脫身後，大概往錯的方向走了多遠。

我一直等到電鋸聲暫停才對我爸爸說：「你讓小雨在暴風雨的時候出去

時，為什麼不叫醒我？」

「我的老天，蘿絲，我們不是已經談過這件事情了嗎？」

「你為什麼不叫醒我？」

「我只再回答一次，之後我再也不想聽到這個問題。我沒有叫醒你是因為小雨自己出去過幾百次了，而且她每次都會自己回來。我不覺得有必要叫醒你，而且暴風雨幾乎已經快走了。」

「她出去之前你為什麼不幫她戴上項圈？」

「夠了，蘿絲！」

「可是這是新的問題。我第一次問你項圈的事情。」

我爸爸拉動電鋸的拉繩，沒有動靜。

「因為她沒有戴項圈，所以她身上沒有任何身分識別物。」我告訴他。

「我知道。」

「那你為什麼就這樣讓項圈掛在門上呢？」

我爸爸搖搖頭，轉身不再面對我。他一隻腳重重踩在地上，然後粗暴的扯動拉繩，電鋸發出一陣可能跟噴射機一樣大聲的怒吼。我摀住耳朵，以我爸爸為中心開始繞圈，和他保持三公尺的距離，直到我面向他。「你為什麼沒有幫她戴項圈？」我大聲嘶吼。

我爸爸臉色很難看，他關掉電鋸，把它丟在地上。接著，他非常緩慢的走向我，我內心某個聲音叫我快跑，所以我照做了。我跑進家裡甩上門，透過窗戶往外看，看見我爸爸走回電鋸那裡。我等到聽到電鋸發出轟隆聲，才走回房間，在床上躺下來。

每當我很沮喪的時候，小雨會來找我，躺在我旁邊。她會把頭靠在我的肩膀上，然後看著我的眼睛，我的臉頰可以感覺到她的呼吸。

但是小雨不在這裡，因為我爸爸在暴風雨中放她出去，而且沒有幫她戴項圈。

第24章 打電話給威爾頓叔叔

隔天，發生了幾件好事。我一早走進廚房，注意到的第一件事情就是冰箱正在嗡嗡作響；第二件事情是廚房變得比較溫暖了；第三件事情是我爸爸時常整夜開著的客廳小檯燈正散發著光芒。

電力恢復了，並沒有真的持續整個星期。

我拿起電話聽到了撥號聲。

電話也恢復正常了。

我差一點跑去敲我爸爸的房門告訴他這個消息，但我瞧了一眼那個大西洋時鐘，看到才六點二十分，現在叫醒他太早了。

不過打給我叔叔不算太早。

威爾頓叔叔接起電話的時候聽起來很想睡，但沒有生氣。

「威爾頓叔叔！」我大叫，「是我，蘿絲！所有東西都恢復了！」

「蘿絲？」威爾頓叔叔聽起來和我一樣興奮，「你還好嗎？」

「我很好。」我回答，因為我並沒有受傷。

「我一直試著開車去你家，但是路上有很多樹都倒了，我沒有辦法開過鎮上，直到昨天晚上都沒有辦法。」

「我們的橋被沖走了。」我說，「所以我們沒辦法離開。威爾頓叔叔。」

「什麼事？」

「小雨不見了。」

「什麼？」

「小雨不見了。」我告訴他我爸爸是如何在星期六早上的暴風雨中，讓我的狗沒有戴項圈就出門。

「噢，蘿絲，」威爾頓叔叔說，「這真是太糟糕了。」

「我不知道該怎麼辦。我們被困在家裡，沒辦法去找她；我也沒辦法打電話給警察，因為電話一直不通。」

「打給警察？」

「請他們去找小雨啊。」我說。

電話那端威爾頓叔叔沉默了一下，接著說：「不管怎麼說，警察現在有非常多事情要做，馬路得好好清理一番，還有許多人仍然被困在家裡，房子四周淹水。我們得自己去找小雨。」他停頓了一下，「你確定你沒事嗎？」

「我們有一點吃膩了花生醬跟鮪魚罐頭，」我回答，「我得用水桶上廁所，因為我們家的水用完了。有幾棵樹倒了，但是都沒有砸到我們的房子。」

「沒有小雨在身邊，你過得還好嗎？」

我不確定該怎麼回答這個問題。

「蘿絲？」

「嗯，小雨不在，我就不用準備她的飼料，也不用帶她去散步。」

「但是你心裡覺得如何呢？」

「我覺得我想要去找她。」

「這樣聽起來，你似乎有一點寂寞。」我叔叔對我說。

現在我聽懂了。「對，而且很擔心，還有傷心。威爾頓叔叔，你覺得該怎麼找一隻走失的小狗呢？」

「我想我們可以從在報紙上登廣告開始，或者張貼尋狗啟事。但這些都得再等一陣子，雖然電力恢復是個好跡象。」

因為電力恢復了，早上我跟我爸爸看了電視。我們轉到了新聞臺，發現哈特福鎮上大部分的道路都將在今天清理乾淨，而且學校有可能下星期就開放了。

「這樣威爾頓就能開過鎮上了。」我爸爸說，「也許他能買一些補給品過來，我們也可以蓋一條臨時的便橋。」

「也許他可以去一趟超市。」我補充。

「也許吧。我們家附近的超市都被泥漿淹沒了，那間五金行也是。他得一路開到紐馬克才買得到東西。」

那天晚上我們在電視前面吃晚餐。我聽到一位新聞主播正在報導一則犯罪事件：「錯綜複雜的犯罪一開始都掩飾成友善的樣子。」

我轉向我爸爸，難掩興奮的情緒。「掩飾？怎麼寫啊？」

「我怎麼知道。」

我查了家裡的舊字典，花了一點時間才找到這個語詞，接著我奔回房間，翻到同音字表一那行，在上面寫下「掩飾／演示」。

突然之間，我對小雨的事情懷抱著希望。我打開我的學校筆記本，在空白頁的上方寫下：如何尋找失蹤的狗。

第25章　如何尋找失蹤的狗

隔天早上，我被一陣敲門聲吵醒。現在已經有電了，我不用再走去廚房看那個大西洋城時鐘。我從床上坐起來，看向我的時鐘收音機。七點四十一分。是誰在這麼早又不是質數的時間來敲我們家的門？

也許是某個找到小雨的人！但我接著想起小雨因為我爸爸的關係，沒有戴著她的項圈，所以怎麼會有人知道她住在哪裡呢？

這個問題還有另一個具邏輯性的答案，那就是那位訪客是威爾頓叔叔。

我跑進客廳盯著外面的門廊。

我的叔叔站在那兒，手上提了個袋子，裡面很可能裝滿了食物跟雜貨。

我拉開大門。

「蘿絲！」威爾頓叔叔大叫。他放下袋子，把我用力拽進懷裡，我以為我會很介意，沒想到我完全不在乎。

「嗨，威爾頓叔叔。」當我的雙腳重新回到地面我對他這麼說，「你怎麼過來的？」

「我得把車先停在這條路的最下方，然後從那條小溪比較窄的地方跨過來，再沿著山丘走到你家。」

「太感謝你來了。我有個計劃。」

「真的？是什麼樣的計劃？」

「尋找小雨的計劃。我現在正要開始。」

「你不想看看我帶了什麼來嗎？」

「我想看。」我瞧向袋子裡面，有水果、牛奶、奶油、萵苣，還有胡蘿蔔。

「你去了紐馬克的超市嗎？」我問，然後我想起應該再說一次謝謝。

「不客氣，」威爾頓叔叔對我笑，「你說的沒錯，我昨天去了紐馬克，路程挺長的，你不會相信那些房子都被摧毀了，完全毀了。」

我的心思大部分都放在尋狗計劃上，但我想起一件事。「那些人到哪裡去了？」

「你是說那些房子被摧毀的人嗎？」

「對，他們死掉了嗎？」

「老天，沒有。」威爾頓叔叔說，「他們都住在避難所裡，哈特福高中變成臨時避難所，你星期一可能就能去上學，但是那些高中生就沒那麼快了。」

「我很高興那些人沒有死掉。」我說，「你要我去叫我爸爸起床嗎？」

威爾頓叔叔搖了搖頭。「讓他睡吧。等我整理好這些食物跟雜貨後，你跟我可以一起吃頓早餐，然後我去把車開過來，上面載了一些建材，我跟你爸爸今天要開始蓋一座臨時便橋。」

威爾頓叔叔和我一起在餐桌前吃了早餐，吃完後我們手指交叉，碰觸心臟。然後我回到房間，在床上攤開一張地圖，是車庫那張紐英倫地圖。我覺得很開心，因為地圖有被好好的折起來，每一條摺痕都以正確的方向摺疊。接著我打開我們這個郡的電話簿，昨天晚上我瀏覽過企業版面，找到了動物收容所的欄位，數量比我想像中的還要多。

我手邊準備了所有我需要用到的東西：地圖、電話簿、電話、便條紙，還有一支筆。

如何尋找失蹤的狗　蘿絲．霍華德

1 在地圖上把你住的地方圈起來。

2 把流浪狗收容所的位置圈起來（參考電話簿）。

3 在收容所位置的旁邊寫下收容所的名稱。

4 用一把圓規，把中心點放在你家的位置上，然後畫一個圓圈，這個圓圈應該距離你家大約二十四公里。

5 畫一個更大的圓圈，距離你家大約四十八公里。

6 畫一個更大的圓圈，距離你家大約七十二公里。

7 畫一個更大的圓圈，距離你家大約九十六公里。

8 在每一個圓圈裡頭列出所有收容所的名單，一個圓圈配一份名單。

9 打電話去收容所，從離你家最近的那份名單開始打。

10 持續打電話去，直到找到你的狗為止。

我帶著那張地圖和名單走進廚房。我爸爸起床了，他吃完早餐正在和威爾頓叔叔說話。我舉起了地圖。

「那是什麼？」我爸爸問。

「尋找小雨的計劃。」我給他跟威爾頓叔叔看那些圓圈和名單，「我會從最小圈的名單開始打電話，直到找到為止。」

「非常有條理。」威爾頓叔叔說，「真是個聰明的計劃。」

「而且會讓你非常忙碌。」我爸爸說。

也許我爸爸希望我很忙的原因是，這麼一來，我就不會再問他任何有關他讓小雨沒戴項圈就跑出去的問題。

「我有一組新的同音字，」我宣布，「掩飾和演示。」

接著我帶著地圖和名單走進房間，把門關上。

第26章　第一次被稱作女士

在我名單上第一間收容所叫做「舒適動物」，我不太確定這個名字是什麼意思，但這不重要。「舒適動物」離我家只有十一公里左右，就在埃芬漢村外。我撥了他們的電話號碼。

「你好。」有個聲音說。

「你好。」我回答，「我叫——」

但是那個聲音說個不停，聽起來像是機器人的聲音。「因為洪水的緣故，

『舒適動物』暫時停止所有服務，我們收容的動物們都被安置在貝爾維爾的假日酒店中，請過一段時間後再來電，或是拜訪假日酒店。很抱歉造成您的不便。」

然後那個聲音停了。

我低頭看著我的名單。我本來預計每打一間收容所就要把它們從名單上劃掉，但現在我不能把「舒適動物」劃掉，因為我還沒有真的跟那裡的任何一個人講到話。我得改天再打一次。然後我發現我需要一個代碼來記錄我打過的電話。我思考了一下，接著我在「舒適動物」旁邊寫下今天的日期，在日期的旁邊寫下「再打」，代表「再打一次」。

我撥了名單上第二間收容所「救救我」的電話。

「你好。」一個聲音說。

我等待著接下來的語音留言，但那個聲音又說了一次：「你好？」

那個聲音一定是一個真的人。

「你好。」我回答，「我叫做蘿絲．霍華德，我正在尋找我的狗，她在暴風雨中走失了。」

「你好，蘿絲。」那個聲音聽起來非常親切，我想那是一個女性的聲音，「我很遺憾你的狗不見了，她長什麼樣子呢？」

我形容小雨的模樣，還加上我爸爸沒讓她戴項圈就在暴風雨中把她放出去的事情。「哎呀，我的天哪，」那位女性說，「我們這裡沒有符合小雨特徵的小狗，但每天都有走失的貓狗被送來，我會記下你的聯絡資料，這樣如果有人送來一隻有白色腳趾的金黃色小狗時，我們可以打電話聯絡你。」

「七隻白色腳趾。」我提醒她。

「對，七隻白色腳趾，這是個很好的辨識特徵。」

我把我的名字和電話告訴那位女性，還跟她說我過幾天會再打電話過來確認。我再次看向我的名單，在「救救我」旁邊寫下「再確認」，就是過幾天再打電話確認的意思。

我打給名單上第三間收容所「毛朋友」，那是一個男人接的電話，我告訴他小雨的事情。

「女士，是這樣的，」他說，「我們是一間非常小的收容所，自從暴風雨以來只有兩隻狗被送來，一隻貴賓和一隻約克夏。我很抱歉。」

我把我的名字和電話給了那個男人，掛上電話，寫下「再確認」，這張名單上還有七間要打的收容所。當我打完七間收容所的電話後，我看著自己畫在名單左邊的表格，上面寫著：再打、再確認、再確認、再確認、再打、無人（就是沒有人接電話的意思）、再打、再確認、不小孩（就是對方不跟小孩說話的意思）、再打。

目前為止沒有小雨的消息。

上午接下來的時間我都在打電話給收容所，而我爸爸和威爾頓叔叔在蓋那座臨時便橋。午餐時間，我們坐在廚房裡，吃著從冰箱拿出來好吃、新鮮又冰冷的食物，然後我回去打那張名單上的電話，我爸爸和叔叔則回去忙那座橋。

傍晚的時候，我已經打遍名單上所有收容所的電話，有幾間我甚至打了兩次（我決定請威爾頓叔叔打電話給那個態度很惡劣的人）。沒有人見過小雨，她可能仍在外面徘徊。在學校開放之前，我有很多電話要打。

到了晚上，威爾頓叔叔留下來吃晚餐。

「廣告的事情怎麼樣了？」當我爸爸端熱狗給我們的時候我說。

「什麼廣告？」我爸爸問。

威爾頓叔叔清了清喉嚨。「我告訴蘿絲我會在報紙上刊登尋找小雨的廣告。」

「嗯哼。」

「你不想她嗎？」我問我爸爸。

「小雨嗎？我當然想她。」

「那你為什麼要讓她出去——」我說了起來。

我爸爸猛地抬起頭，速度快到讓我整個人立刻靠向椅背。

威爾頓叔叔不贊同的皺起眉頭。「怎麼了？」

「如果她再問我一次那件事情，」我爸爸說，「我發誓我會——」他突然停下來看著威爾頓叔叔，我也是。我在叔叔的眼中看到一些我從來沒見過的東西。

「夠了。」威爾頓叔叔靜靜的對我爸爸說，「夠了。」

我離開椅子，開始繞著餐桌跳上跳下。

「2、3、5、7！」我大叫。

「坐下，蘿絲。」威爾頓叔叔拍拍我的椅子，「回來把你的晚餐吃完。」

「坐下，蘿絲。回來把你的晚餐吃完。」我重複他的話，「威爾頓叔叔，除了我的名字，你沒有說到任何一個同音字。」

我爸爸把他的熱狗舉在半空中，瞪著我叔叔和我。

「沒關係的，蘿絲。」威爾頓叔叔說，「因為你猜怎麼樣？我想到了一組新的同音字要告訴你，這個聽起來怎麼樣？『瓷杯』和『慈悲』。」

我忘記了我爸爸的存在，大聲驚呼：「這組超完美！它符合每一條規則。」

我想了一下，「如果照著這個模式，那『瓷碟』和『磁碟』怎麼樣？」

「非常棒！」威爾頓叔叔對我咧嘴一笑，「吃完晚餐我們就來改你的同音字表。」

「好。」我小心翼翼的瞄了我爸爸一眼。我覺得自己像小雨，試著要搞清楚他現在的心情。

「你知道嗎？」我們快吃完晚餐的時候我說，「如果你把我們名字的數字加起來，再減掉小雨名字的數字，答案會是一百七十七，不是質數。」

威爾頓叔叔皺起眉頭思考。「這是好事還是壞事？」他最後開口問。

在我回答之前，我爸爸說：「見鬼了，到底誰在乎啊。」

第27章　我的故事很悲傷

星期一，蘇珊颶風走後第十天，我的學校終於開放了。萬聖節來了又走，但我不覺得有人注意這件事情。威爾頓叔叔在往常的時間來我家接我，我在門廊上等他，只是現在剩我一個人，因為我爸爸讓小雨在暴風雨中沒帶項圈就出去。

空氣很涼爽，這是一個晴朗的早晨，我一看到我叔叔的車，就穿過我們家的院子往那座臨時便橋跑去。我小心翼翼的走在木板上，我可不想跌進底下的小溪裡，即使現在裡面沒有很多水。停在我們家前面那條路上的老舊黃色車子，是我爸爸跟山姆．戴蒙借來的，他得把車留在馬路上，因為我們沒辦法開著那輛車通過木板便橋，但至少我們不用被困在家裡了。

我爬進威爾頓叔叔的車，我一關上門就向他宣布：「『終點』跟『鐘點』，還有『中點』。」

威爾頓叔叔對我笑了。「真棒。你的表上有位置放這些字嗎？」

「有啊，」我說，「還有位置。」

「那些收容所有任何消息嗎？」

我搖搖頭。「沒有，完全沒有。」

「回去學校你會緊張嗎？」

我想了一下。「會，我會緊張。」

我爸爸昨天載著我經過學校，校舍看起來很好，但我還是很緊張。

「你在緊張什麼？」

我搖了搖頭。

我不知道。

抵達學校後，萊普樂老師陪著我走進教室，我看到我的桌子，它看起來跟蘇珊颶風來之前一樣，教室裡其他的東西也是。萊普樂老師在她的椅子上坐下，我也在自己的椅子坐下，心裡感覺平靜一點。

上課鈴響了，庫瑟兒老師站到教室前對我們微笑。「哈囉，各位同學，」她說，「真高興在這裡看到你們，我也很高興能和你們在一起。前兩個星期的情況很糟，但現在是時候讓事情回到正軌了。不過在我們開始之前，我想有些人可能會想談談你們在這場風災裡經歷的事情。」

我沒辦法克制自己，立刻從座位上跳起來說：「庫瑟兒老師，我們還不能開始上課！安德和雷諾拉不在。」

萊普樂老師把我拉回座位，給了我一個像是警告的眼神。

「我正要講這件事情，蘿絲，」庫瑟兒老師說，「我很遺憾安德和雷諾拉不會再來我們班上課了，他們和他們的家人必須搬家。」

芙契舉手說：「他們的房子被沖走了。」

「他們沒事吧？」帕菲妮問，她的聲音有點顫抖，「我是說，安德和雷諾拉沒事吧？」

「他們很好，」庫瑟兒老師回答，「我保證。他們搬去和親戚一起住了。」

「我們可以寫信給他們嗎？」帕菲妮問。

「這是一個很好的主意，」庫瑟兒老師說，「我們今天下午就來寫信給安德和雷諾拉。現在，誰想要談談他們在颶風中經歷的事情？」

我的同學們一個接著一個談論過去這十天來所發生的事情。

「我姊姊跌斷了手臂，」摩根說，「停電的時候她從樓梯上摔下來。」

「我想要出門去玩，但是我爸媽說萬聖節活動取消了。」

「在我們家一樓的淤泥清乾淨前，我們都得待在二樓，」芙契說，「我們家臭死了。」

庫瑟兒老師轉向我。「蘿絲，你有任何事情想要和我們分享嗎？蘇珊風災帶給你什麼影響？」

「我們家院子裡兩棵樹倒了。一棵樺樹一棵榆樹。一棵橡樹被劈成兩半，還有一棵榆樹被折斷。我們家前面的橋被沖走了，還有我爸爸讓小雨在暴風雨中沒有戴項圈就出門，她沒有回來。」

帕菲妮倒抽了一口氣，伸長脖子看向我說：「小雨失蹤了？」她的聲音很微弱。

「對。」我回答她。

「她從颶風那時候就走失到現在？」賈許問。

我看見庫瑟兒老師和萊普樂老師盯著對方。庫瑟兒老師抬起她的眉毛，萊普樂老師聳了聳肩，這是某種對話。

「這真是一個悲傷的故事！」摩根驚呼。

「沒錯，的確很悲傷。但我擬了一個尋找小雨的計劃。」我告訴全班那張地圖、圓圈和名單的事情，「而且，我叔叔在報紙上登了廣告。」

「我喜歡小雨來學校的時候。」賈許說。

「她是有史以來最棒的狗。」芙契補充。

「蘿絲，我希望你找到小雨。」帕菲妮說，她的聲音在顫抖。

她一直盯著我看，久到我得移開我的視線。

庫瑟兒老師碰了碰帕菲妮的肩膀，溫柔的問：「你有想要分享的事情嗎？」

帕菲妮開始掉淚。「我媽媽是一個藝術家，她把她的畫都放在倉庫裡，但那間倉庫淹水了，她所有的作品都沒了，十五年來她畫的所有作品。」

我注視（注釋）著帕菲妮，我不曉得她媽媽是一位藝術家，這真是太令人難過了。

帕菲妮臉上滑過兩行淚水，整間教室變得很安靜。

「帕菲妮？」庫瑟兒老師說著在她身邊跪下。

帕菲妮大口吸氣。

「你需要去走廊一下嗎？」我問她。

「蘿絲——」萊普樂老師開口阻止我。

但帕菲妮站了起來。「要。」她回答。

她一邊吸氣一邊啜泣，還用袖子抹了抹臉頰，然後繞過桌子走向門口。

「我跟她一起去。」我跟萊普樂老師說完便跟著帕菲妮走到走廊上。

我意識到自己必須說點安撫她的話。

「帕菲妮，我今天早上想到一組新的同音字，是三胞胎。『終點』、『鐘點』，還有『中點』，很棒吧。」

帕菲妮吸了吸鼻子，點點頭。「謝謝你，蘿絲。」

第28章　搭威爾頓叔叔的車

學校重新開放後的那個星期六，威爾頓叔叔一大早就把他的車停在我們家前面的馬路上，走過木板便橋，然後敲了我家的門。

「威爾頓叔叔來了。」我跟我爸爸說，「我可以去嗎？」

我和我叔叔已經準備好花上一整天尋找小雨。她已經走失兩個星期了，也就是十四天，這並不是一個質數。

「讓他進來。」我爸爸說，「我需要跟他談談。」

我打開門迎接叔叔，我們相視一笑。

「準備好了嗎？」威爾頓叔叔問我。

「準備好了。」

「等一等。」我爸爸站在水槽前，拿起整罐的柳橙汁直接喝，「她五點前得回到家。」他用拇指指著我，「還有不准用零食和冰淇淋寵壞她。」

「我帶了燻香腸三明治。」叔叔回答，「就放在車上。蘿絲尋找失蹤小狗的這一整天，那就是我們的食物。」

我爸爸對他的兄弟瞇起眼睛。「你是在諷刺我嗎？」

「我只是在陳述事實。」

「嗯哼，好吧。」我爸爸停頓了一下，「呃，抱歉我沒辦法跟你們去，但我會開始搭一座真正的橋。」

我跟我爸爸道別後，便和威爾頓叔叔匆匆上車。

「東西都帶了嗎？」我爬上座位時叔叔問我。

「帶了。」我帶著一個資料夾，裡面裝了我的名單和地圖。今天我們要開車去離哈特福最近的收容所，也就是那些在最小圓圈裡的。我已經打電話給所有的收容所，卻被告知他們那裡沒有七隻白色腳趾的金黃色小狗。但我想自己親眼看看，而且，新的狗隨時都可能被送進去。

威爾頓叔叔研究著我的名單，思考了一會兒後說：「我們先去『救救我』，然後再去『毛朋友』。」

「『毛朋友』就是叫我女士的那一間。」我告訴他。

威爾頓叔叔大笑，接著發動車子。

接下來一整天，我們不是待在車上就是收容所裡。每到一間收容所，我會在櫃檯前說：「哈囉，我叫蘿絲．霍華德。這位是我的叔叔威爾頓．霍華德。我們在找我的狗，她在暴風雨中走失了。我打電話來過，但我想自己看一下這裡的小狗。」

我把這段話背了起來，這是威爾頓叔叔昨天晚上協助我一起寫的。對我來說，跟陌生人說這段話實在很長，但如果能幫助我找到小雨就很值得。

某些收容所的人記得和我講過話，有些不記得，包括「不小孩」那間。我肯定接待我們的就是那個惡劣的人，我認得他的聲音，但這次他比較友善了，也許是因為威爾頓叔叔在我旁邊的關係。

等我說完我的講稿，收容所的人會帶我們去確認那些走失或是無家可歸的狗。我們仔細看過每一個籠子，希望可以看見小雨。

這天早上我們去了四間收容所，在車上吃了燻香腸三明治，接著又去了六間收容所。

我們沒看見小雨。

總共十間（時間）收容所，沒有小雨的蹤跡。

「該回家了，蘿絲。」我們離開第十間收容所的時候威爾頓叔叔說，「我答應你爸五點前送你回家。」

我坐在車裡，一隻手撐著下巴，看著前方的道路（盜錄）沒有回話。

「累了？」叔叔問我。

「嗯。」

「我們去買點冰淇淋來吃吧。」

我把眼球瞥往左邊。「你答應過我爸爸不會買冰淇淋給我。」

「那是在我知道今天有多辛苦之前。你不覺得自己值得一些獎勵嗎？」

「我不曉得。」

「你可以對你爸爸保密嗎？」

「是像說謊那樣嗎？」

「可能有一點像。但有時候改變決定也無妨。今天早上我跟你爸爸決定不買冰淇淋，但是在看過十間收容所還找不到小雨後，我認為我們值得一客冰淇淋，這樣可以嗎？」

「可以。」我突然挺直腰背，「威爾頓叔叔！威爾頓叔叔！那個開著車的女士正在講手機，這違反了規則！」

「想想冰淇淋，蘿絲，決定一下你想要吃哪一種口味。」

我閉上眼睛。「草莓。」

在我們抵達「冰雪皇后」冰淇淋店前，我都沒有睜開眼睛。

第29章 想到新的同音字時不要做的事情

星期一的天氣又灰又濕，我想著小雨如果仍然迷路在外，她一定覺得很冷。也許她現在正在發抖。

庫瑟兒老師發下數學練習卷，上面是一題又一題的計算題：加法、減法、乘法和除法。我喜歡這些練習卷，題目排列得很整齊，每一張練習卷上的問題都排成了三排。

這些問題看起來很簡單，所以我的心思開始飄移。我想起小雨，一想就停不下來。我覺得很傷心，於是我決定計算第一頁練習卷裡有幾個質數。

「23！」我告訴萊普樂老師，整間教室除了我的聲音之外沒有任何聲響。「這一頁上面有23個質數，猜猜怎麼樣？23也是一個質數！」

「蘿絲，」萊普樂老師盯著我的眼睛，不帶情緒的說：「你是不是沒辦法專心？你一題都沒寫完。」

「對，我沒辦法專心。」

「那我們一題一題來看。這題你要怎麼做？」她用指甲在第一排的第一題上敲著。

我看著題目：

$$\begin{array}{r} 247 \\ \times\quad 3 \\ \hline \end{array}$$

我知道我應該要把7和3相乘，但是我的大腦看見的不是7或3，也不是

21。我腦中看見的是小雨。小雨在雨中走失了，她又濕又冷，發抖並挨餓著。

「蘿絲？」萊普樂老師又叫了我一次。她用指甲輕敲著我的手臂。敲、敲、敲，塗了紅色指甲油的指甲在我皮膚上敲著。

我猛力縮回手臂。

「蘿絲？」

「停！停下來！」

我看見庫瑟兒老師和萊普樂老師彼此對看一眼，然後萊普樂老師說：「該去走廊上休息一下了，蘿絲。」然後便帶我走出教室。

「『休息』和『修習』是同音字。」我癱坐到地上時說。

「花點時間整理一下你心裡的思緒。」萊普樂老師說，「你需要靜一靜。」

「『心裡』、『心理』。」

萊普樂老師把手指放在嘴脣上。「噓。」

我試著控制思緒，等我覺得自己恢復平靜之後，我對萊普樂老師說：「我好多了。」

「那很好。」

她打開門，我回到座位上。

庫瑟兒老師走向我。「蘿絲。你準備好繼續加入我們了嗎？」她低聲問我。

我張大眼睛大叫：「噢！噢！『繼續』跟『記敘』，這是新的同音字！這一組超棒的！謝謝你，庫瑟兒老師。我回家後得把它們加到我的同音字表上。我希望還有位置。」

我不想忘記這一組同音字，所以我撕下筆記本上的一張紙，小心的寫下：

繼續、記敘。

我聽到竊笑的聲音，抬起頭看到賈許·巴托正在看我，然後望向帕菲妮轉動他的眼珠子。

不過帕菲妮撇開了視線，並且搖了搖頭。我想這是她表示支持我的方式。

我應該跟她道謝。我張開了嘴，卻一個字都說不出來，只能發出嗚咽聲。

萊普樂老師馬上把我帶回走廊上。

真希望小雨在家裡等我回去。

第30章　空隙

放學後，威爾頓叔叔送我回家，接著又回去上班。
現在我等我爸爸下班的時候，下午都做這些事情：
•翻看我媽媽的盒子。
•寫回家作業。
•煮晚餐。

這些是我再也不能在下午的時候做的事情：

- 跟小雨一起坐在門廊上。
- 跟小雨一起散步。
- 餵小雨吃飯。

下午很漫長，感覺充滿了空隙，例如在翻看盒子和寫回家作業之間，在寫完作業和開始煮晚餐之間。

我不知道該拿它們怎麼辦，小雨在的時候，她會填滿這些空隙。

你都怎麼填滿空隙呢？

第31章　帶來好消息的電話

蘇珊颶風過後三週的星期五，威爾頓叔叔像平常一樣去學校接我回家。我注意到山姆·戴蒙的黃色汽車停在馬路上的時候，我們正沿著胡德大道前進，然後我看到我爸爸拖著工具走上便橋。

我搞不懂為什麼我爸爸這麼早回家，我以為他一整天都會待在J&R汽車修理廠。

威爾頓叔叔把車停在橋邊，我們交叉手指，碰觸心臟，接著我跳下車關上車門，轉過身的時候差一點就撞上我爸爸，他瞇起眼睛的樣子並不友善。他倚著車窗對威爾頓叔叔說：「那個傑瑞今天炒我魷魚。」只不過他不是叫他「傑瑞」，而是用了一個我被禁止說的字眼。

「他該死的竟然開除我，」我爸爸繼續說，「而且毫無理由。」他重重搥了一下車身。

「噢，」我叔叔說，「那你接下來打算怎麼辦？」

「把這座橋蓋完。」

「之後呢？」

「我現在不知道『之後』要怎樣，好嗎？」

「但你不覺得應該儘早想想嗎？你不能就這樣過一天是一天。」威爾頓叔叔看起來有更多話想說，但是我爸爸打斷他。

「我手邊有一大堆事要做，院子裡還是一團亂。我會很忙。」

「我不是這個意思。」

我跑向威爾頓叔叔那一側，墊起腳跟小聲說：「錢怎麼辦？」

「蘿絲，我可以看見你，你知道吧。」我爸爸隔著車子對我說，「我也可以聽到你說什麼。你以為我養不起我們兩個嗎？我可以。現在進屋去。」

我用盡全力跑過便橋，聽見威爾頓叔叔在我身後清了清喉嚨說：「蘿絲的確講到重點，衛斯理，你的錢要從哪裡來？蘿絲需要新的衣服——」

我爸爸再次大力搥車。「別告訴我蘿絲需要什麼！」

對話到這裡結束。我跑向門廊，經過空沙發，衝進家門的時候，除了車子發動的聲音，其他什麼也聽不見。

我拿起電話跑進房間，把書包甩到地板上，然後拿出那些寫著收容所的名單。我已經打遍上面所有的收容所了，但最外圍的圓圈，距離最遠的收容所我只打過一次。是時候再打過去了。只是以防萬一，以防萬一小雨被沖得非常非常遠，或是她的鼻子突然失靈，往錯的方向亂走。

我打去布頓動物救援中心，還是沒有小雨。

我打去安全之家收容所，還是沒有小雨。

我打去奧利夫布里奇動物領養網站，還是沒有小雨。

接著，我打去喜悅尾巴收容所，有個聲音回答我，當我判斷這是一個真的人，不是機器之後，我說：「你好，又是我，蘿絲。我上星期打過電話。我還在找我的小狗，小雨，她在暴風雨中走丟了。她是一隻有七隻白色腳趾的金黃色小狗。有人把她送去你們那裡嗎？」

電話另一頭的那個人是個男人，他說：「她體型多大？你知道她多重嗎？」

「十一公斤。」我回答。我提醒自己不要補充說11是一個質數，這不適合出現在這個對話中。

「她有白色的腳趾？」

「不是全部都是白色的，」我說，「只有七隻是白的。兩隻在她的右前腳，一隻在左前腳，三隻在右後腳，一隻在左後腳。」

「你等一下。」我可以聽到那個男人和另一個人說話，他重複我剛才說的腳趾訊息，然後他回到電話線上對我說：「你再等我一下，可以嗎？」

接著是一陣很長的沉默。我看向窗外，心裡想著同音字：沉默／沉沒。不曉得過了多久，終於有聲音傳進我的耳朵裡。「我們這裡的確有一隻很像的狗。」那個男人說，他聽起來很興奮，「有人幾天前把她送來。一隻很年輕的金黃色母狗，有七隻白色腳趾，就像你形容的那樣。我們一直試著——」

我的雙手開始顫抖，最後鬆開電話，讓它一路滾向地板。我無法思考，用手摀住耳朵，在床上不停上下跳著，接著我跳下床撿起電話，聽到那個男人說：「喂？喂？」我把那通電話掛掉，然後在想起威爾頓叔叔還在回去上班的途中前，撥了他的電話號碼，於是我再次掛上電話，拿出地圖，在紐約的埃爾麥拉上畫了一個大大的紅圈，那是喜悅尾巴收容所的所在地。我坐在自己的手上，試著回想我媽媽盒子裡的每一樣東西，最後我又撥了一次我叔叔的電話號碼。

響第一聲的時候他就接起來了。「你還好嗎？」他問我。

「小雨可能在埃爾麥拉！」我大叫，「那裡的收容所有一隻有七隻白色腳趾的小母狗，有人在幾天前送進去的。我們可以去埃爾麥拉嗎？拜託你，拜託。」

「我明天早上九點去接你。」我叔叔說。

第32章 喜悅尾巴動物收容所

隔天早上八點四十五分，我坐在門廊上，以防萬一威爾頓叔叔提早到。八點五十五分，我一看到叔叔的車就從沙發上跳起來，跟我爸爸說再見，然後穿過院子跑向車子。

在開往埃爾麥拉的路上，威爾頓叔叔和我心情都很好。我們聊同音字和質數，我還告訴他帕菲妮媽媽的事情。「帕菲妮在學校一直哭，」我補充，「我覺得她非常傷心，所以我用同音字逗她開心。」

我們愈接近埃爾麥拉，我的話就愈多。

「威爾頓叔叔，威爾頓叔叔！那裡有喜悅尾巴收容所的招牌！『喜悅』有一個同音字『喜躍』。這是一個好兆頭，對吧？這是個好兆頭吧？我覺得是。我確定小雨就是那隻喜悅尾巴收容所裡的十一公斤、有七隻白色腳趾的金黃色母狗。」

「蘿絲，」我叔叔打斷我，「你不要太興奮，以防萬一。」

「什麼萬一？」

「萬一那隻有七隻白色腳趾的金黃色母狗不是小雨，好嗎？」

「好吧。」我回答，但我在座位上彈來彈去，覺得很開心。

威爾頓叔叔打了方向燈，我們往左轉，轆轆駛過一條泥土道路。我看到一個指標上寫著「喜悅尾巴往前走」，不久後，那條路就結束在一棟狹長型矮房旁邊的停車場。我們看到「喜悅尾巴」的大型招牌，牌子下方是一隻狗和一隻貓，牠們的尾巴繞在一塊兒。

「我們要停在哪裡？我們要停在哪裡？」我大叫。

「蘿絲，你冷靜一點。」我叔叔說，「這裡有一個停車位。我看到對面那裡有個標誌寫『辦公室』。我們走吧。」

我跑在叔叔前面，穿過停車場，一路走向那個「辦公室」的標誌。我拉開大門，看到一間等待室，裡頭放著一張桌子和很多把塑膠椅子，有些椅子已經有人坐了，但大部分都是空的。我沒有注意那些坐在椅子上的人，我只在乎坐在桌子後方的那個男人。

「蘿絲，你慢一點！」我叔叔在後面叫我，但聲音中帶著笑意。

我站到那張桌子前，墊起腳尖對那個男人說：「我的名字叫蘿絲．霍華德。我昨天打過電話來問我的狗。」

我又解釋了一次小雨的事情，然後那個男人露出微笑。「是的，我們正等著你來呢。你等一下，讓我請收容所的經理過來。」

他對桌上的電話講話，幾分鐘後，房間後面的一扇門打開，一個女人走了進來。她手中握著一條牽繩，說著：「來啊，乖女孩，快來。」

我看著那條牽繩跟著女人一起進門，一直看，一直看，直到我可以看到繩子另一端有什麼。

「小雨！」我大喊。

我跑向她。小雨瞄著那些陌生人的時候看起來有一點困惑，她的眼睛快速掃過房間一圈，最後落在我和威爾頓叔叔身上，接著她開始又跳又叫又吠。

我衝過去膝蓋著地，雙手環抱住小雨。她奮力的扭動著，整個身體都在顫抖。她把前腳搭在我的肩膀上，舔著我的臉。

「小雨！」我又叫了她一次，然後望向身後的威爾頓叔叔說，「真的是她。」

我看到我叔叔在擦眼淚，那個拿牽繩的女人也在哭，桌子後的那個男人也是，還有兩個坐在塑膠椅上的人也哭了。

我自己的臉上也有眼淚，但被小雨舔掉了，所以我不必擔心眼淚的問題。

當我和小雨終於冷靜下來，所有人也停止哭泣，收容所的經理向威爾頓叔叔伸出她的手說：「我叫茱莉．卡普洛。」

威爾頓叔叔和茱莉．卡普洛談了一陣子，我沒怎麼留意他們講了什麼。我坐在地板上，讓小雨爬上我的大腿；我撫摸她的耳朵和腳掌，仔細的檢查她。小雨看起來很瘦，而且臉上有幾道傷痕，肚子上還有一些可能被蟲咬的痕跡。即使這樣，她仍然是我的小雨。

過了許久，我聽到卡普洛女士對我叔叔說：「很明顯的，這隻幸運的狗狗找到了她的主人，但在放她跟你們走之前，我們有一些流程。可以麻煩你們出示一下證件嗎？我必須確認你們證件上的資料跟她晶片上的資料吻合。我有一點搞不懂，因為晶片上顯示狗狗的名字是奧利維亞，不是小雨。」

我扭頭看向威爾頓叔叔。

「我很樂意給你看我的駕照。」他說，「但是我應該讓你知道我是蘿絲的叔叔，不是他父親，還有──」

我必須打斷他們的對話。

「什麼是晶片？」我問。

第33章　什麼是晶片

原來晶片是一個很微小的薄片，像米粒一樣小，獸醫會把晶片植入到寵物的身體裡，上面記載了很多資料，像誰是寵物的主人，還有如何聯絡他們。

「奧利維亞——抱歉，是小雨——剛被送來的時候，我們掃瞄了她身上的晶片。」卡普洛女士對我和威爾頓叔叔說。

她不停的說話，解釋晶片技術，我很努力試著不要打斷她，但最後還是控制不住。「我們沒有給小雨植晶片！」我突然大喊，「我們甚至沒有帶她去看過獸醫。」

「但是她身上的確有晶片。」卡普洛女士說。

「你確定嗎？」我感覺胃裡一陣緊縮。

「當然，我們掃描到晶片，所以才知道她的名字叫奧利維亞。」卡普洛女士皺起眉頭。她在其中一張椅子上坐下，打開她帶來的資料夾，接著轉向威爾頓叔叔。「所以你不是傑森．韓德森？也不住在格洛佛鎮？」

威爾頓叔叔搖了搖頭。

「我們嘗試著和韓德森一家聯絡，但運氣不怎麼好。」卡普洛女士說，「所以你昨天打來的時候我們才那麼開心，蘿絲。雖然在我們問到你的電話號碼之前你就把電話掛了。自從風災之後，我們的電話就一直怪怪的。」她補充，對我露出微笑。「我們以為你是韓德森家的人，我們推測他們因為蘇珊颶風不得不搬離住的地方，格洛佛鎮被損毀得很嚴重，不管我們什麼時候打他們家的電話，都一直是忙線中，加上他們沒有留手機號碼，所以……」她攤了攤手。

我再次和小雨癱坐到地上。我用手臂環抱著她，感覺她的毛抵著我的脖子。她身上的毛很柔軟，柔軟到我以為她最近也許洗過澡，我把臉頰緊緊靠在她臉上。

「你是誰？小雨。」我低聲說。

第34章 卡普洛女士說的話

卡普洛女士和威爾頓叔叔繼續交談。我坐在地板上想著小雨和我爸爸。

我想起我爸爸帶小雨回家的那個晚上。我想知道我爸爸是不是不曉得晶片是什麼，或者他只是不想去查小雨的主人是誰。

我想起我爸爸讓小雨在暴風雨中沒有戴項圈就出門。

我領悟到我爸爸在尋找小雨這件事情上，沒有幫上任何一點忙。

我轉身對卡普洛女士說：「我爸爸在雨中找到小雨，這就是為什麼我叫她小雨，而且小雨的『雨』和給予的『予』是同音字。」

卡普洛女士看起來很困惑。

「小雨當時孤零零的，身上沒有項圈。」我繼續說。

「你有試著尋找她的主人嗎？」卡普洛女士問我。

我搖搖頭。「我爸爸說我們無從找起，因為她身上沒有任何身分證明。而且他還說，如果小雨有主人，那他們一定不怎麼在乎小雨。」我停頓了一下，然後小聲的說：「但其實他們很在乎小雨，還幫她植入了晶片。」

卡普洛女士看著我，溫柔的說：「寵物可能因為各種不同的理由與主人分開，並不代表那些主人不負責任。」

不曉得卡普洛女士是在說韓德森一家，還是我爸爸跟我。

我點點頭，因為某些原因，我又想哭了，所以我說：「2，3，5，7，11。」但我是在心裡說，所以只有我自己聽得到。

我看見威爾頓叔叔的視線從小雨和我移到卡普洛女士身上。「所以現在是什麼情況？」他問，「我們要把小雨留在這裡嗎？」

「不行！」我大喊。（不行，不行！步行，步行！）我跳了起來，小雨也跟著站起來，看起來很緊張。她緊靠在我腳邊，用鼻子輕蹭我的手。

卡普洛女士呼了一口氣，吹動她的瀏海。「這是我第一次遇到這種狀況，」她坦承，「讓我跟我同事討論一下。」

她離開等候室。我和威爾頓叔叔剛在椅子上坐定，小雨便跳了上來，她把頭偎在我大腿上，其他部分則躺在威爾頓叔叔腿上。

我跟我叔叔說：「如果奧利維亞有同音字的話，我會比較好受，但這個名字沒有。」

威爾頓叔叔給了我一個看起來很傷心的微笑。

卡普洛女士終於回來了。她在威爾頓叔叔旁邊坐下，說：「你們看看這樣合不合理。考慮到我們一直試著聯絡韓德森一家，但是都聯絡不上，又考慮到小雨已經跟蘿絲住在一起一年，而且顯然非常愛她——」

「我也很愛小雨。」我說。

「而且你也很愛小雨，」卡普洛女士繼續說，「我們決定讓她跟你們回家，至少暫時先這樣。這樣看起來比較合理，而且比起住在收容所，她跟你們在一起絕對比較快樂。」

「謝謝你！」我大聲的說。

「但是，」卡普洛女士繼續說，「我們會繼續尋找韓德森一家。因為風災的關係，我們最近比較忙一點，但我們會繼續找。如果我們找到他們，或是他們聯絡我們，然後希望要回小雨，那麼……」她再次攤了攤手，「說到底，小雨是他們的狗，我是說，曾經是，原本是。所以，麻煩填寫這張表格，我們會把資料建檔。」她說著把表格遞給我，看向威爾頓叔叔。

「我來填吧。」他說，「我會留下我的資料，還有蘿絲跟她父親的。」

五分鐘後，小雨在我跟威爾頓叔叔陪伴下離開了喜悅尾巴。

困難的部分

第35章 我必須做的事情

威爾頓叔叔把車停在木板便橋旁，然後我們和小雨一起下車，看見我爸爸正在院子裡做事。他看到我們，臉上出現一種接近驚訝的表情，睜大眼睛，一句話都說不出來。

威爾頓叔叔牽起我的手，帶著我走過便橋，小雨在我們前面，小心翼翼的踏出步伐，因為她不習慣在木板上保持平衡。等她走進院子裡，發現我爸爸站在一堆工具和板子中間時，小小的搖了搖尾巴。

我爸爸終於開口說話了。他說：「噢，活見鬼了！」

我不確定那是什麼意思，於是我說：「我們找到小雨了。」

「嗯，我看到了。」

「你開心嗎？」我問我爸爸。

小雨小步跑向他的時候，他蹲了下來。「我只是很驚訝而已。我真不敢相信你們找到她了。」

所以他是很驚訝沒錯。

「我擬了一個計劃。」我提醒他，「一個很棒的計劃。」

「應該是吧。」我爸爸說，他正在撫摸小雨。

「除了……」威爾頓叔叔在我身後說，「一個問題。」

威爾頓叔叔解釋了韓德森一家和晶片的事情。

當威爾頓叔叔說到「晶片」的時候，我緊盯著我爸爸，他皺起眉頭。

「小雨其實有身分證明。」我指出這一點。

我爸爸眼神銳利的看著我。「你說什麼？」

我思考了一下。「我說，小雨其實有身分證明。」

我爸爸搖了搖頭。「你聽著，你已經找回你的狗了，蘿絲，就這樣吧。」

在從喜悅尾巴回來的途中，小雨一直坐在我的大腿上，幾乎沒有換位置。她把臉貼在我的臉頰上，我可以感覺到她的鬍鬚，還有每次呼吸的微小噴氣，偶爾她會轉過來舔我的鼻子。

我環視院子，我們把這裡清理得很乾淨，我爸爸正在蓋正式的橋，不過只要有臨時的便橋，我們就不會被困在家裡。我們家的電力跟電話都恢復了正常，學校也重新開學了，最重要的是，小雨回家了。

我知道我應該感到開心，假使帕菲妮媽媽的畫安然無恙的回來，她應該也會開心。但我並不開心，反而覺得有什麼事情不對勁。

我感謝威爾頓叔叔的幫忙，跟小雨走進屋子裡。小雨聞遍路上每一樣東西，樹枝、野草、門廊的階梯，還有門廊上的沙發，然後又從家門口聞到我房間，跳到床上看著我。我坐到她旁邊，雙手圈住她的脖子。

然後，因為某些事情還是不對勁，我開始大哭。我把臉埋進小雨毛茸茸的身體裡，她耐心的坐著，偶爾轉過來舔我的臉頰，直到我抓了面紙盒，用面紙擤鼻子，把眼淚擦乾。

我知道是什麼事情不對勁。是我爸爸幾分鐘前說的話：「你已經找回你的狗了，蘿絲。」

找回「你的」狗。找回「你的」狗，蘿絲。

可是小雨不是我的狗。小雨是韓德森家的狗。她屬於他們，曾經屬於他們。而且他們非常在乎她，給她植入了晶片。我不知道小雨是怎麼跟他們分開的，但結果就是這樣，也許他們很希望她回家。特別是現在。特別是他們可能在風災中失去了家園，覺得非常非常傷心的時候。

我知道我該做什麼。

我不想這麼做，但規則就是規則，我必須遵守。

在某個地方，名叫韓德森的一家人很想念小雨，如果他們像我失去小雨的時候一樣想念她，那他們一定很希望找到她。他們是小雨真正的主人。我不曉得收容所什麼時候會開始尋找韓德森一家，但我必須現在就展開我自己的搜尋。

我必須找到韓德森一家，把小雨還給他們。

小雨嘆了一口氣，砰一聲躺在床上。我在她旁邊躺下，心裡好奇她知不知道我在想什麼。

我回想著晶片卡上的資料。卡普洛女士沒有把資料交給威爾頓叔叔，但我瞄到表格上頭韓德森家的電話和地址，並且背了下來。

我知道他們住在哪裡，或者應該說他們曾經住在哪裡，這些資料對我新的搜尋來說很重要。

我用心算得出韓德森（Henderson）這個名字加起來是102，很顯然不是一個質數，但奧利維亞也不是一個質數名字。

我不曉得這是不是代表了什麼。

第36章　庫瑟兒老師的有用建議

自從風災之後，庫瑟兒老師每天早上都會問大家有沒有想要分享的事情。在接下來的十五分鐘，我們舉手發言，告訴班上同學哪些事情正困擾著我們，或是哪些事情好轉了。我和威爾頓叔叔帶小雨回家後的星期一，我告訴班上同學：「小雨回來了。我們在紐約埃爾麥拉的喜悅尾巴動物收容所找到她。」

大家丟出一籮筐的問題：「她還好嗎？」、「她還記得你嗎？」、「她見到你很開心嗎？」、「她是怎麼去到埃爾麥拉的？」、「她為什麼沒有用鼻子找路回家？」

我儘量回答那些問題。

我沒有提到韓德森一家和晶片的事情。

我正暗中擬定我的新計劃。我打了韓德森家的電話，但就像卡普洛女士說的，話筒另一端只傳來奇怪的忙線聲，這讓我不太確定該怎麼尋找韓德森一家，但我知道該去問誰的意見。

某天早上，威爾頓叔叔同意比平常早十分鐘送我去學校。我比萊普樂老師早到，所以我自己一個人走去教室，庫瑟兒老師坐在自己的位置上，教室裡沒有其他人。

「庫瑟兒老師？」我開口。

她微微抽動了一下。「蘿絲，你真早到。」

我盯著她。「我有一個問題。」

庫瑟兒老師放下她的筆，非常嚴肅的看著我。「你說。」

「撿到走失小狗的人，都怎麼尋找牠的主人呢？」

「嗯，那個人可以在報紙上登廣告。」庫瑟兒老師回答，「也可以查看報紙上有關走失狗兒的消息。或者張貼上面有小狗照片的海報，注明什麼時候在哪裡找到那隻狗。他也可以打電話給獸醫和收容所，以及在網路上刊登走失寵物的消息。」

「嗯哼。」我說。

庫瑟兒老師對我皺起眉頭。「蘿絲，你找到了一隻走失的小狗嗎？」

我點了點頭。「對。」

第37章　小雨以前住的地方

我趁我爸爸不在家的時候，撥打了幾次韓德森家的電話，但每一次都是忙線中。這不像我打電話給威爾頓叔叔而他正在講電話的聲音，如今大部分的電話都有插撥服務，這樣打電話給他們的時候，就不會出現忙線的聲音。也許韓德森一家沒有插撥服務，但他們家的忙線聲聽起來還是很奇怪，我判斷他們家的電話故障了。

因為這個原因，我很感謝庫瑟兒老師提議幫我做海報。她說她也會替我在報紙上登廣告，並且在一些專門刊登走失寵物消息的網站上發布訊息。

但我們馬上就遇到問題，這是當我發現問題時我們的對話：

庫瑟兒老師：你現在第一件事情要做的，就是幫你找到的那隻狗兒照一張照片。照片比文字描述來得好。

蘿絲．霍華德：照片？

庫瑟兒老師：是的。你可以幫狗兒照相嗎？

我可以，但是我不想。我不希望庫瑟兒老師看到後發現那是小雨的照片。

於是我只是點了點頭。

庫瑟兒老師：很好。在這張照片下面，我們應該要寫「尋獲」，然後你可以形容一下那隻狗的樣子。

蘿絲·霍華德：即使上面已經有狗的照片？

庫瑟兒老師：是的，你可以多寫幾個小細節。例如小狗大概幾歲、多重，以及你是在哪裡找到牠的。

蘿絲·霍華德：噢。

我決定也許我們應該晚一點再貼小雨的海報，我還沒準備好跟庫瑟兒老師解釋那些事情。

但我準備好告訴威爾頓叔叔有關我的新計劃。某天晚上我打電話給他，跟他說：「我覺得我們應該去找韓德森。」

「誰？」他問。

「小雨真正的主人。這麼做才對，才是合理的。規則就是規則。不可以罵人、玩完數學遊戲要收好，因為可能有人寫完練習題正排隊等著玩，還有——」

威爾頓叔叔打斷我。「還有確定小雨原本的主人能找到她。」

「對。」我說。

「噢，蘿絲，你確定你要這麼做嗎？」

「我們幾乎是偷走了她。」我小聲的回答。

「你別被這些事情弄昏頭了。」

我們講話的時候，我撫摸著小雨。「我沒有被弄昏頭，我有另一個計劃。」

我告訴威爾頓叔叔，我偷偷記下了韓德森家在格洛佛鎮的地址。「我們可以從尋找他們的房子開始。也許他們還住在那裡，只是風災之後電話壞掉而已。」

我們決定隔天出發去格洛佛鎮，也就是星期六。那天我們很早就出發，我爸爸還沒完全清醒，我們留下他穿著內衣坐在餐桌前，咕噥著J&R汽車修理廠那些人的壞話。

格洛佛鎮距離哈特福大概有四十八公里，跟埃爾麥拉是反方向。

「格洛佛鎮是其中一個被蘇珊颶風損毀得最嚴重的地方。」我們一路往前開的時候，威爾頓叔叔說，「我不覺得那裡還有什麼東西殘存下來。」

他說對了。當我們抵達那條曾經橫越格洛佛鎮的主要道路，現在就像一條乾涸的河床，道路兩側都是被摧毀及廢棄的東西，建築物的門廊傾斜歪倒，欄杆都不見了，人行道也消失了，破碎的商店窗戶用膠帶修補，但是貼得很隨便，就好像老闆沒有期望能夠挽救他的生意一樣。這裡一個人都沒有。

威爾頓叔叔的休旅車繞著小鎮行駛，最後終於開到了韓德森一家住的那條路。那是一條很偏僻的鄉間道路，我們沒看到半棟房子，倒是看到了很多風災造成的損害。最後，我們發現了一個信箱，側面漆著超棒的質數數字「2」。

「就是這裡！」我說。

威爾頓叔叔開上一條礫石路，我們緩慢的往前開，閃避坑洞和樹枝。

然後我們轉了個彎。「哇！」威爾頓叔叔看到眼前的景象低聲驚呼。

那間房子曾經就在這裡，小雨的舊家，現在變成一堆木頭和瓦礫，被一堆傾倒的樹給包圍。

我們下車，聽見鄉間樹枝的沙沙聲，還有鳥兒的吱喳聲。

威爾頓叔叔喊著：「哈囉？」

沒有人回答。

我們回到車子裡，掉頭往鎮上開去。

第38章　格洛佛鎮上的雜貨店

「你覺得他們都平安嗎？」車子行進的時候我問。

「韓德森家嗎？我不知道，我希望他們在颶風來臨前去了避難所。」

「我們要怎麼找到他們？」我問。

威爾頓叔叔搖搖頭。「讓我好好想想。」

我們開回格洛佛鎮上，穿過全毀的主要道路，就在我們差一點開上二十八號快速道路之前，我大喊：「嘿！」

有間小店座落在道路尾端，看起來像一棟房子，一棟有黑色百葉窗的白色房子。雖然這棟房子有門廊和紅磚煙囪，大門上的招牌卻寫著「雜貨店」。

「我們可以在那裡停一下嗎？」我問。

「當然，你肚子餓了嗎？」

「不是，我有個主意。」

威爾頓叔叔跟著我走進店裡，裡面塞滿一個又一個貨架，放著所有你可以想到的東西：釘子、桌遊、罐頭湯、T恤、電池、阿斯匹靈、喜瑞兒麥片、OK繃、筆、糖果、線、襪子。

「有什麼我可以為你服務的嗎？」

站在櫃檯後面的是一個穿著工作褲和法蘭絨上衣的年輕男人。

我的心撲通撲通跳著，但仍然往前走到櫃檯說：「我的名字叫蘿絲‧霍華德，我在找曾經住在滑坡路二號的韓德森一家人。」

那個男人皺起眉頭，我猜他會問我為什麼想找韓德森一家。但他卻說：「韓德森。傑森和卡蘿‧韓德森嗎？還有一對很小的小孩？」

我想起晶片資料上寫的名字，傑森和卡蘿，所以我說：「是的。」

「以前不太認識他們。」

「『以前』不太認識？」

「颶風過後他們必須搬離，他們的房子損毀得太嚴重了。」

我鬆了一口氣，所以他們都還活著。

「你知道他們去哪裡了嗎？」我問。

那個男人搖搖頭，「不知道，但他們在附近有親戚，也許他們住到親戚家了吧。」

「好的。」我盯著那個男人的雙眼說，「謝謝你。」

我和威爾頓叔叔走出雜貨店的時候看到一疊報紙，其中有一份報紙叫做「鄉村公報」。我指著那份報紙說：「威爾頓叔叔，我們可以買這個嗎？」

「當然，但你為什麼想買？」

「如果我們在上面登廣告，也許韓德森一家會看到。」

第39章　尋獲：金黃色的母狗

萬聖節來了又走，現在感恩節也即將過去，我跟我爸爸還有小雨在威爾頓叔叔家吃了一頓火雞大餐。那個週末我想了很多關於韓德森一家的事情，我決定要把關於小雨的真相告訴庫瑟兒老師，所以星期一的時候，我問叔叔能不能再次早一點送我去學校，我跟我的老師是時候再來一場私人對話了。

我走進教室，發現庫瑟兒老師正在布置新的布告欄。她黏貼著大大的彩色英文字母，拼起來是「HOLIDAYS」（假期）。

「早啊，蘿絲。」她說。

「早安。」我回應，眼睛直直看著她。

庫瑟兒老師從椅子上下來。「你有什麼事情想要跟我說嗎？你把你找到的那隻小狗照片帶來了嗎？」

她一次問了兩個問題。我回答第一個：「我有事情想要跟你說。」

我坐到我的座位上，庫瑟兒老師坐在我旁邊萊普樂老師的椅子上。

「我要告訴你一件事情。」我說，「我要告訴你事情的真相。」

庫瑟兒老師對我微笑，這是一個鼓勵的訊號。

「事情的真相就是，那隻走失的小狗其實是小雨。」

庫瑟兒老師臉上的微笑消失，皺起眉頭。「我沒聽懂。」

我跟她說了整個故事，從我爸爸帶小雨回家的那一天開始，還說了因為她身上沒有身分證明，我們沒辦法尋找她的主人這一段。

「所以小雨回來了。」我結尾，「但她不是我的狗，我們必須替她找到真正的主人，就是曾經住在格洛佛鎮的韓德森一家人。他們的房子毀了，現在可能搬去跟附近的親戚一起住。」

跟威爾頓叔叔一樣，庫瑟兒老師對我說：「噢，蘿絲，你確定嗎？」

我點了點頭。「是的，我很確定。這麼做是正確的。喜悅尾巴也正在找她的主人。」

庫瑟兒老師又皺起眉頭，用筆敲著我桌子的邊緣，這表示她正在思考。然後她說：「我有個主意，與其在報紙上登廣告，也許可以找人寫一篇文章，得到的關注絕對比小小一則廣告還要多。

「當然，我得請求你爸爸同意。」庫瑟兒老師繼續說，她聽起來好像在自言自語，「然後我會打電話聯絡我的一個朋友，她叫席拉·伯曼，是一位作家，她會寫一篇很棒的故事，也許會被很多間地方報社採用，你覺得怎麼樣，蘿絲？」

「我覺得這是一個很棒的主意。」

「我今天晚上就打電話給你爸爸。」

「也許你應該下午打給他。」我說，考慮到我爸爸最近泡在好運酒吧的時間，庫瑟兒老師愈早打給他，他還沒喝酒的機率就愈大。

「就這麼說定了。」庫瑟兒老師說。

⚘

三天後，我穿著跟學校拍照日那天同一件洋裝上學，把頭髮梳理整齊，威爾頓叔叔甚至幫我綁了一個蝴蝶結。

休息時間，當我的同學離開學生餐廳跑去操場時，庫瑟兒老師陪我一起走回教室，在教室裡等我的是一位穿著藍色羊毛套裝的女人，她的表情嚴肅，但當她看到我的時候卻露出微笑。

「蘿絲，」庫瑟兒老師說，「這位是伯曼小姐，她就是那位作家。伯曼小姐，這位是蘿斯·霍華德。」

伯曼小姐伸出她的手，我知道我應該要跟她握手，我也這麼做了。

「那麼，」我的老師說，「我們來談正事吧。」

伯曼小姐打開筆記型電腦，開始問我問題。關於小雨、關於我爸爸什麼時候帶她回家、關於我們怎麼失去她，又怎麼把她找回來的問題。還有更多關於我們在喜悅尾巴找到她之後發生了什麼事情。我給了她一張威爾頓叔叔用數位相機照的小雨照片。

伯曼小姐看看照片，看看我，又看看照片。當她第二次看向我時，我覺得我在她眼睛裡看見了淚光。「你現在做的事情真的是非常勇敢又無私，蘿絲。」她說，「放棄你心愛的狗，好讓她真正的主人能和她團聚。」

我點頭。也許我應該跟她說謝謝。

2，3，5，7，11。

但我什麼都沒說，於是伯曼小姐轉向對庫瑟兒老師說，「在文章的結尾處，我們會加上一個聯絡電話——哈特福新聞報的電話——這樣如果民眾有任何關於小雨或韓德森一家的消息，就可以打電話來，也不用公開蘿絲的個人資訊。」

庫瑟兒老師點點頭。「我會向蘿絲的爸——」她停頓了一下，「我想，蘿絲的叔叔今天來接她的時候，我會向他解釋這件事。」

伯曼小姐轉向我露出微笑。「那差不多就到這裡。非常謝謝你，蘿絲。」

「不客氣，伯曼小姐。」我回答，並且伸出我的手讓她可以再次跟我握手。

第40章 帕菲妮發現一組同音字

我們正在庫瑟兒老師的課堂上寫作文。聖誕節跟光明節[1]快到了，不過當庫瑟兒老師問我們想要寫什麼的時候，全班每一個人都說：「蘇珊風災。」我們還在想那些被破壞的家園、被毀掉的畫作、被沖走的橋梁，還有走失的狗兒。

1 光明節：Hanukkah，一個猶太教的節日。

我不太清楚帕菲妮的作文題目是什麼，但是她突然飛快的舉起手說：「庫瑟兒老師？你教過我們，有一個形容破壞程度的語詞叫什麼？」

庫瑟兒老師露出思考的表情，然後用手指輕彈鉛筆。「加劇？」過了一會兒後她說。

「對！」帕菲妮大喊。接著她像是無法控制自己似的，從椅子上跳了起來，跑向我的桌子大聲說：「蘿絲，我想到一個三胞胎的同音字，加劇、家具、佳句。」

我之前已經想到這一組了，但我知道現在不是說這個的時候，而是感受友好氣氛的時候。身為一個朋友大概不會說：「我早就想到了。」所以我對帕菲妮露出笑容，然後大喊：「這真是超棒的一組！」我在聲音裡投注了熱情。

帕菲妮把手掌舉到空中，說：「跟我擊掌吧！」

我跟她擊了掌，然後我們回去寫作文，而且臉上都掛著微笑。

第41章　我爸爸用錯代名詞

「這是什麼？」我爸爸手裡拿著一份報紙問我這個問題，但這不是他用錯代名詞的時候。

威爾頓叔叔剛接我放學回到家，我走進家門，小雨跟在我身邊，因為她一直待在門廊上等我。

「這是一份報紙。」我說。

我爸爸臉色很難看，而且一點笑容也沒有。「這當然是一份『報紙』。」他說，接著把報紙扔到我腳邊。「山姆．戴蒙今天早上給我這個，他說上面有我會想看的東西。他說的沒錯。你有沒有什麼事情要告訴我？」

我覺得很疑惑，但在疑惑之外，更多的是害怕。

「沒有。」我說。

我爸爸撿起報紙，用力翻開一頁又一頁，報紙都被他撕破了。他翻了三頁停下來，把其中一頁推到我面前。「這是什麼？」

這是他第二次問這個問題。

我看了那一頁，上面刊著小雨的照片，還有一篇文章——一篇很長的文章，標題叫「一個女孩的勇敢搜尋」。文章的作者是席拉．伯曼。

「這是那篇庫瑟兒老師打電話跟你說過的文章。」我告訴我爸爸。

「沒有人打電話跟我說過什麼文章。」

我把報紙遞還給他。「庫瑟兒老師就有。」

我爸爸停頓了好長一段時間，眼神在家裡四處游移。我知道他想起那個從好運酒吧回家後電話響起的下午，他接起電話說哈囉，然後皺起眉頭說：「蘿絲做了什麼？她又惹麻煩了嗎？」他把手放在話筒上，小聲的對我說：「是庫瑟兒老師。」

「是噢。」我說。

我爸爸伸手拿遙控器對準電視，按下靜音鈕，默默的切換著頻道。他偶爾對電話說：「嗯」或是「嗯哼」。終於，他掛了電話。「你跟你的老師講了小雨什麼事情？」他把電視聲音調大前問我。

現在，我爸爸搖搖頭說：「這是我們家的事情，蘿絲，我們家的事情。結果現在全部都上了報紙，所有人都會看到這篇文章，我看起來就像個小偷。」

我往後退，小雨也跟著我後退，她的視線沒有離開我爸爸。「去跟威爾頓叔叔說，」我說。我知道我叔叔還沒來得及回到他的辦公室，但我不希望我爸爸打電話給庫瑟兒老師對她大吼大叫。「我得帶小雨去散步，等我回來我們就打電話給威爾頓叔叔。」

我催促小雨出去，我們在街上走來走去，一直走到我覺得叔叔應該回到辦公室工作了，接著我們走過木板便橋再次回到院子裡。

我爸爸坐在餐桌前，一動也不動。

我拿起電話，撥了威爾頓叔叔的號碼，電話通了之後，我告訴叔叔發生了什麼事情，他說：「讓我跟你爸爸說，蘿絲。」

我有點生我爸爸的氣，所以我站在桌前盯著他講電話。一開始他沒講什麼，但是他突然大吼：「好！我不會打電話給任何人，我不會惹任何麻煩！」他沒跟威爾頓叔叔說再見就掛斷，接著他看向我。「坐下，蘿絲。」

我不想坐在我爸爸旁邊。「坐哪裡？」我問。

我爸爸從桌子旁踢了一張椅子過來。「就坐那裡。」

我坐在椅子的邊緣。

「你為什麼要這麼做呢？蘿絲。你為什麼要找小雨的主人？她是我送你的禮物，我送的禮物。更別提你得到她兩次。一次從我手中，一次從收容所，你應該去算一下你有多幸運。」

「可是如果你沒有讓小雨在暴風雨的時候出門，那我就不用找她回來。」

我低頭看小雨，再抬頭看我爸爸，「你為什麼要讓她在暴風雨的時候出門？」

「蘿絲，看在老天的分上。」我看到我爸爸臉色開始漲紅。

「可是你為什麼要那樣做呢？小雨從來沒有在暴風雨的時候出門，沒有自己出去過。」

我爸爸再次開口說話的時候，聲音非常低沉，但不是像庫瑟兒老師對全班朗讀時的那種溫柔低沉。「你應該要算算自己有多幸運，多麼被眷顧，蘿絲，你找回你那隻該死的狗了！」

這話不合邏輯。「如果你沒有讓她出去的話，我也不需要找她回來。你為什麼要讓她出去呢？」

我爸爸用力的拍桌，因為太過突然用力，小雨跟我都跳了起來。「聽著，你這個臭ㄚ頭，我把那東西帶回家給你，」他指著小雨，「我試著要做點好事。」

「小雨是『她』，」我告訴我爸爸，「不是『那東西』。」

我爸爸站了起來，雙眼緊緊盯著我。

第42章 保護小雨

「你說什麼？」我爸爸問。

我搖搖頭。他的體型比我大太多了，我從來沒注意這一點。我從來沒注意他的手有多厚多硬，還有他的肩膀有多寬。

2，3，5，7。

「回答我。」我爸爸用同樣低沉的聲音說。

我滑下椅子的邊緣，側身閃躲著跑向我房間。

「過來這裡。」

「不要。」

「好吧。」我爸爸跨了兩大步走向我，他的手臂舉了起來，手掌握成拳頭。我可以看見每一個泛白的指節，就像石頭一樣硬。

他從來沒有對我舉過拳頭，就我記憶中沒有，因為他不想變成跟他爸爸一樣的父親。

我的目光從我房間的門移向大門，試著決定哪一扇門距離比較近，就在這時，一個模糊的金黃色身影猛地跳到空中，撲到我爸爸胸前，凶狠的狂吠著。

「小雨！」我大喊。

她落到地板上，準備要再跳一次，但在她再次動作之前，我爸爸的拳頭落了下來，打在小雨的背上。她踉蹌倒地，爬進桌子底下。我聽到一聲碎裂聲，還有小雨害怕又痛苦的號叫聲。

我飛快的轉身跟著衝進桌子底下，速度快到膝蓋都被地板磨破了。

我把小雨抱進懷裡，蜷縮進桌子的正下方。我爸爸伸手要抓我們，我閃躲著他的手，一次又一次，就好像我們是遊戲裡的標靶一樣。

「不要碰她！」我大叫，「不要碰她，不要傷害她！」

我絕對不會放開小雨。過了一會兒，那隻手不見了。我聽見腳步聲穿過客廳，走向門口，大門門把被轉動，又停了下來。我往前滑了幾公分，從桌子底下偷看。

「如果剛剛的事情你敢跟任何人說一個字，蘿絲，一個字，」我爸爸說話時伴隨著沉重的呼吸聲，他得先停頓一下才能繼續講話，「如果你敢告訴威爾頓，或是庫瑟兒老師……」他把視線移到雖然不停發抖，但仍探出頭的小雨身上。他狠狠的瞪著小雨。他沒有把話說完，沒有必要。

我把小雨推到身後，離開他的視線範圍。

我爸爸抓起鑰匙，用力甩上身後的大門。我緊緊抱著小雨好一段時間，我們的呼吸很沉重。我不停喘氣，小雨氣喘吁吁又流口水。

當我聽到山姆，戴蒙的車子發動時，我爬出桌子底下把小雨拉出來，帶著她坐到沙發上。我撫摸她全身，一直摸一直摸，她看起來沒有受傷，我要她在地上走一圈，她的腳也沒跛。

那天稍晚，我餵小雨吃晚餐，比平常還要早帶她去散步，即使我們的固定行程裡並不歡迎這樣的改變。然後我就把她關進我房間。

我不曉得我去上學的時候該怎麼保護小雨。

我爸爸回家的時候我還醒著。我正坐在客廳裡，電視開著。

我爸爸站在我面前對我說：「我很抱歉，蘿絲。這種事情不會再發生了。」

我看著他的眼睛，不知道該如何解讀我所看到的，所以我一句話也沒說。

「真的，」我爸爸繼續說，「我真的非常非常抱歉，非常非常抱歉。」

「好吧。」我說。

這應該是個很真心的道歉。

第43章　庫瑟兒老師的一番話

上學的日子一成不變，庫瑟兒老師把布告欄上的文字換成「我們都是藝術家」。一部分的雪融化了，有好一陣子，操場地上與其說是蓋滿積雪，其實根本就是泥濘不堪，下一個假日是馬丁·路德·金紀念日[1]。

---

1 馬丁·路德·金紀念日：美國的國定假日，為了紀念民權運動領袖馬丁·路德·金牧師，時間為一月的第三個星期一。

在一個昏暗又下雨的寒冷早晨，萊普樂老師像平常一樣陪我走去教室。但不尋常的是，當我一掛好我的外套，把東西放到桌上，庫瑟兒老師就把我帶到教室後面。

「我想要私下跟你談談，蘿絲。」她說。

不曉得是不是我做了什麼讓她和萊普樂老師要寫在每週進度報告上告訴我爸爸的事情。

「好的，」我說，心裡想著同音字。功課、公克，這是新的一組字。

「我想讓你知道，昨天報社接到一通有關小雨的電話。」

功課、公克、公益、工藝。

「你有在聽我說話嗎？蘿絲。」

「有。」

「有一個叫傑森·韓德森的人打電話過去，他說有人寄給他那篇文章，而上面寫的小雨就是他們家的狗。報社的人讓他跟喜悅尾巴聯絡，卡普洛女士已經確認他和他的家人就是小雨原本的主人，他們所有的資料都跟小雨晶片上的吻合。而且，他們有許多跟小雨的合照。」庫瑟兒老師停頓了一下，嚴肅的看著我，「我不知道這對你來說是好消息還是壞消息。」

「那篇文章成功了。」我說。

「是啊，沒錯。你想要知道小雨是怎麼和韓德森一家走散的嗎？」

「想。」

「小雨在家的時候他們都會把她的項圈拿下來，這樣才不會勾到東西。有一天韓德森一家外出的時候，小雨自己待在家裡，他們的鄰居拿了一些東西放到韓德森家的廚房，小雨乘機溜了出去。那位鄰居沒看到她跑出去，所以過了好幾個小時大家才知道她不見了。這件事是在你爸爸找到小雨的兩天前發生的，蘿絲。」

「所以韓德森一家人並沒有不負責任，」我說，「這是個意外。」小雨沒戴項圈就跑出他們家，就像她在暴風雨時沒戴項圈就跑出我們家。

「是的，這是一個意外。我們無從得知小雨是如何離家這麼遠，但她就是做到了。韓德森一家在鎮上尋找小雨，他們發了傳單，還在報紙上登了廣告，但沒有任何消息。」

「因為我們找到了她。」

庫瑟兒老師歪了歪頭。「但你現在做了一件非常勇敢的事情，就像伯曼小姐說的。」

「嗯。」

「後面的事情你已經知道了。韓德森一家在風災過後不得不搬離家園，他們現在跟親戚住在一起，所以才那麼難聯繫上他們。」庫瑟兒老師停了一下，「他們希望帶小雨回家，蘿絲，他們非常愛她，非常想她，也非常希望她回家。」

「好。」

第44章　再見

隔天，威爾頓叔叔一如往常的接我放學、載我回家。我們到家後，我像平常一樣走過木板便橋，我看到小雨從窗戶看著我，跟平常不一樣的是，威爾頓叔叔仍然坐在車裡。他在等我和小雨。

我把學校裡的東西放好，然後把牽繩扣到小雨的項圈上，帶著她在院子裡繞圈。她上完廁所後，聞了聞她最愛的東西——一塊樹樁，就在門廊階梯最下面那一階，是靠近車庫門的一個特殊位置。威爾頓叔叔在車上看著我們。

我爸爸不在家，他大概在好運酒吧，但我可以看出他今天早上在蓋那座新的橋。

我想我爸爸應該不會想要跟小雨說再見。

我帶著小雨上車。車子啟動的時候，她就坐在我跟威爾頓叔叔中間，一臉認真的看著窗外。

萊普樂老師曾經對我說過，要試著從別人的角度看事情。

「站在對方的立場想想，蘿絲。」她說，「你覺得對方在想什麼？感覺如何？」我不確定小雨現在在想什麼，感覺怎麼樣，但她看起來就像在看路上開車的人是否遵守規矩。

威爾頓叔叔載著我跟小雨一路開向喜悅尾巴。我們不怎麼講話，車內十分安靜。

我輕撫著小雨前腳的白色腳趾，她的腳趾就像柳絮一樣柔軟。

威爾頓叔叔轉進通往喜悅尾巴那條路，他停好車，一直盯著我看。

「你還好嗎？蘿絲。」他問。

我盯著窗外，想起我爸爸的拳頭用力打在小雨的背上，還有像抓小雞一樣抓桌子底下的我們。

「我想韓德森一家會好好照顧她。」我回答。

我幫忙小雨下車，帶著她一路走向喜悅尾巴的門口。小雨開始發抖，這讓我相信她記得喜悅尾巴，而且回到這裡讓她很不快樂。但除此之外，我還是不知道她的感覺。

卡普洛女士在門口等我和威爾頓叔叔。她摟著我的肩膀說：「你讓四個人非常開心，蘿絲。你做的事情非常可敬又勇敢。」

每一個人都說我很勇敢。這就是勇敢的感覺嗎？

「去我的辦公室聊吧。」卡普洛女士接著說：「韓德森一家在那裡等你們。」

我抬頭看著我的叔叔，他給了我一個微笑，把手放在我的背上，我們跟著卡普洛女士穿過走廊。

那間小辦公室裡坐著四個人，有一個男人、一個女人、一個跟我差不多年紀的女孩，還有一個大概是質數歲數七歲的男孩。

他們靜靜的坐著，但是當他們看到小雨時，全都跳了起來。接著那個男孩和女孩衝上前跪到地上，雙手緊緊抱住小雨。

「奧利維亞！」那個女孩大叫。

那個男孩沒有說話，他把臉埋進小雨毛茸茸的身體裡。

那個女人開始哭泣，所以我不再看她。

我看著小雨。她一開始安靜的坐著，但是現在她站起來扭動。不是發抖，而是扭動，全身上下每一吋都不停扭動著。她舔了舔男孩的臉，又舔了舔女孩的臉。小雨緊靠著那個男人的腳，那個女人蹲了下來，小雨便把腳掌搭在她肩膀上開心的嗚咽著，然後小雨跳下女人的肩膀，不停的跳來跳去，最後把鼻子鑽進韓德森一家人的手裡。

這是很開心的小雨。

以及很開心的人們。我想起他們房子的樣子，我試著從那個女孩和男孩的角度思考事情。我覺得他們失去小雨時一定和我一樣難過，而現在他們一定跟我和威爾頓叔叔那天來到喜悅尾巴時一樣開心。我想他們仍然沒有自己的房子，但至少找回自己的狗了。

小雨停止跳上跳下後，整個房間變得比較安靜。卡普洛女士拿出一些文件給韓德森先生及他的太太簽名，接著有一段時間大家站著，你看我我看你。我低頭看向小雨。

韓德森太太走過來抱住我。我靜止不動，當她抱我的時候，我的兩隻手放在身體旁邊。

「謝謝你，蘿絲。」她說。

「沒錯，謝謝你。」她丈夫說。他看起來好像也想過來抱我，但又改變主意，變成對著我微笑。

「謝謝你。」那個女孩及男孩說。我知道他們的名字，珍和托比。

我想了一下，然後說：「不客氣。」我一一看著韓德森家的每個人。

威爾頓叔叔清了清喉嚨。「嗯，我應該要帶你回家了，蘿絲。」他轉向韓德森一家，「有可能讓蘿絲和小雨單獨相處幾分鐘嗎？」

「當然。」韓德森先生說。接著大家離開了房間，除了我和小雨。

小雨蹲在房間的中央，她還是非常興奮，當我在她旁邊坐下，她便站了起來，用臉抵著我的臉，大口喘著氣。

「那是你的家人，」我終於開口說，「你要跟他們一起回家。」

小雨繼續盯著我。

我緊緊抱住她，感覺她柔軟的毛抵著我的臉頰。「我愛你。」我對她說。

小雨偎著我，我們就這樣坐著，直到我聽到敲門聲。

「蘿絲？」威爾頓叔叔叫我，「我們得走了，韓德森一家人也是。你說再見了嗎？」

「說了。」

我站了起來，牽著小雨走向門口。她看見韓德森一家，朝他們跑了過去。他們向我們道別，還跟我說了好幾次謝謝。我站在喜悅尾巴的窗戶前，看著小雨爬上韓德森家的車，接著那輛車倒出停車場，開上馬路。我可以看見小雨的頭從車窗露出來，她那又長又挺的鼻子，還有和橡皮擦一樣顏色的粉紅色鼻頭。珍．韓德森靠在小雨身上，在她耳邊講悄悄話，而小雨歪了歪頭。

下一秒，車子轉了個彎，小雨便消失了。

尾聲

第45章 安靜的家

我們教室裡的布告欄現在換成「春天來了」。

空氣變得比較暖和了。

我爸爸把橋蓋好了，現在他可以開著卡車過橋。

山姆．戴蒙拿回了他的車。

家裡的下午非常安靜。我爸爸說他要出去找工作。

我自己一個人在家的時候，我會研究同音字表，還有翻看我媽媽的盒子。

就這樣。

我感覺體內隱隱作疼，很痛。

這就是勇敢的感覺嗎？還是孤單？

也許這是傷心的疼痛。

第46章　我爸爸跟他弟弟大吵一架

那一天，我們家院子裡的綠地比枯草多，回暖的空氣中帶有芳香的氣味，樹上的枝枒冒出嫩葉，威爾頓叔叔載我從哈特福小學回家。

他開過那座完工的橋，停好車。

我爸爸站在自己的卡車前，正在引擎蓋下修東西。自從傑瑞開除他之後，他再也沒有回去J&R汽車修理廠。在橋已經蓋好的現在，他在院子裡修理車子。我不認為他找工作找得很順利。

上星期某天威爾頓叔叔載我回家的時候，我說：「我想我爸爸現在可以接送我上下學了，他還是沒有找到工作。」

我話還沒說完，威爾頓叔叔就開始搖頭。「別提這件事。」他回答。

這正是我希望他說的話。「好。」

我們又開了一段路後，我說：「從我爸爸的角度來思考，我覺得他不希望遇見庫瑟兒老師和萊普樂老師，一個月見她們一次對他來說已經很夠了。」

「我想你說的一點都沒錯。」

在這個回暖的春日裡，我爬下車，威爾頓叔叔接著也下了車，這很不尋常。

「嘿，阿衛。」我叔叔說。

我爸爸從引擎蓋底下退後一步，站直了身體，然後用掛在口袋上的抹布擦了擦手。

「嘿。」

「你現在有空嗎？」威爾頓叔叔問。

「應該有。」我爸爸看起來充滿防備。

「嗯，我一直在想，蘿絲現在應該……應該可以養另外一隻狗，你同意嗎？」

我退後了一步。「我沒那樣說！」我對著我爸爸說。

「對，」威爾頓叔叔冷靜的說，「這是我一個人的主意。」

我爸爸哼了一聲。「蘿絲一點都不珍惜之前那隻狗，那隻我送她的狗。她把那東西還給人家了。她明明可以留下，卻還給人家了。」

小雨是她，不是那東西。我爸爸正在氣頭上。

「小雨不是她的狗。」我叔叔回答。

「她明明可以留下。」我爸爸重複，「她根本不需要去找原來的主人。」

威爾頓叔叔緊抿著嘴巴。

「我只是想為她做點好事，」我爸爸說，「我給她弄來一隻狗，結果她把那東西送回去。那是我唯一做的一件好事，唯一一件。」

「聽著，衛斯理，」

「不要再說了，我是認真的，一個字都不要。」

當我爸爸說「一個字都不要」的時候，他就真的是那個意思。

威爾頓叔叔走回車子旁邊，打開前門，坐進駕駛座。

「考慮一下吧。蘿絲擁有的太——」他打住，「她很寂寞，我是說，你不在她身邊的時候。」

「蘿絲很好。她需要的東西這裡都有。她好得很。」

「可是狗——」

「你以為你最行嗎？一點也不。」我爸爸的雙手用力拍在他的卡車上。

威爾頓叔叔坐在駕駛座前，面無表情。

我的心亂成一團。我試著告訴我叔叔說：拜託別再說了，一個字都不要。

如果我爸爸禁止威爾頓叔叔來看我，那我就什麼都沒有了。

我叔叔緩緩說：「你確定你知道什麼對蘿絲才是最好的嗎？」

我爸爸從口袋裡掏出一把扳手，對準了威爾頓叔叔車子的擋風玻璃，但接著又把手放了下來。他把扳手放回口袋，先搖了搖頭，又再走回引擎蓋下繼續工作。他的手在顫抖。

威爾頓叔叔把車掉頭，透過窗戶向我揮手，我小小的揮了回去。

接著我跑向我的房間，把門關上。

第47章　半夜

在睡不著的夜裡，我都直挺挺的躺在床上挑選數字。我愈清醒，挑選的數字愈大，等選好數字後，我會用心算的方式一路減三倒數回去。

某個溫暖的晚上，雨滴輕輕的順著屋頂流下，我已經躺在床上將近一個半小時，卻一點睡意也沒有。我想著學校，想著小雨，想著帕菲妮，她現在每次想到同音字都會來告訴我。

我又想了一下小雨。

睡意還是沒來。

四九五，四九二，四八九，四八六，四八三……差不多數到三五〇左右，我開始算錯，最後終於輕飄飄的墜入夢鄉。

砰！我房間的門突然打開，藉著客廳的燈光，我看見我爸爸的身影映在走廊上。

我看向時鐘，我才睡了不到二十分鐘。

我爸爸打開我房間的燈。

「我送你去威爾頓那裡。」他宣布，「現在。」

我用手肘撐起身體。時鐘上顯示十一點零二分。為什麼我爸爸現在會醒著，而且還穿好衣服？他今天晚上都沒有去好運酒吧啊。

「什麼？」我說。但是我爸爸已經走出客廳，我聽見大門打開的聲音。

我回想他剛才說的話：「我送你去威爾頓那裡。」

不是「我們去威爾頓那裡」，而是「我送你去威爾頓那裡」，這聽起來像是只有我一個人要去我叔叔家，聽起來像是我會在那裡待上一陣子。

我衝進廚房，從水槽底下抓了一個垃圾袋。我聽到外頭乒乒乓乓作響，彷彿一堆東西正被丟進卡車的後車廂。我抓著垃圾袋衝回房間，盡我所能的把衣服快速往裡頭塞。我把我的背包放在垃圾袋旁邊，並且確認我的同音字表在背包裡。當我從衣櫃的架子上拉出我媽媽的盒子時，我聽到我爸爸大吼：「蘿絲！現在馬上給我出來！」

我帶著垃圾袋、背包，還有我媽媽的盒子爬進卡車，我連門都還來不及關上，我爸爸就往車道疾駛而去。我在繫安全帶的時候，我們已經飛馳過橋，開到胡德大道上了。東西在卡車後面滑來滑去，垃圾袋、行李箱，還有一個紙箱。

「我們為什麼要去威爾頓叔叔家？」我問。

我爸爸沒有回答。他正透過擋風玻璃凝視著外頭的大雨。

他的表情僵硬，不像他平常喝酒的時候那樣鬆散呆滯。他沒有轉頭看我，只是小心堅定的直直往前開。

「我們為什麼要去威爾頓叔叔家？」我又問了一次。

有一次上音樂課的時候，我們的老師給我們看一支音叉。他拿音叉在桌子邊緣敲了一下，讓我們輪流把手放在上面，感受音叉的震動。現在卡車裡的空氣就像音叉一樣不停震動著，在我問了第二次仍然沒有答案後持續震動著。

我們就在沉默的氣氛下不停往前開，經過哈特福鎮昏暗的街道。卡車的車頭燈照在大雨中，照在平滑的樹上，甚至還有一次照在路邊浣熊怯縮的眼睛裡。

「威爾頓叔叔知道我們要過去嗎？」我們開上他家車道時我問。

我爸爸停下卡車，但沒有熄火，他越過我打開了我這邊的門。「走吧。」他說。然後他做了一件他很久都沒做過的事情——他抱了我一下，一個很快的擁抱。他的臉頰靠在我臉上時，我可以感覺到上面濕濕的。

他轉過頭看向前方，下巴抽動著。

我爬下卡車，把我的東西拿下車。我淋著雨跑上威爾頓叔叔家的門廊，等我轉過身，卡車的車尾燈已經從路上消失。

我按了叔叔家的電鈴，一次又一次，接著門廊的燈亮了，我看見威爾頓叔叔的臉出現在大門旁的窗戶後面，一秒鐘之後大門猛然敞開。

「蘿絲！」他大喊，「發生什麼事了？」

我走向他。「我爸爸走了。」我說。

第48章　我媽媽怎麼了

在天氣感覺偏熱的六月初，我跟威爾頓叔叔坐在他家的門廊上。還有兩個星期學校才會放假，即使蜜蜂和小蟲會飛進來在我們頭上繞來繞去，庫瑟兒老師還是每天都把教室的窗戶打開。

我兩隻腳在空中晃盪，看著一隻蜂鳥在天竺葵上盤旋。

這天是星期六早上。威爾頓叔叔剛剛說：「該來認真思考一下了。」

我瞄了他一眼。「什麼？」

「我們得決定要帶什麼去你的派對。」

我們要在班上舉辦派對，慶祝學期最後一天。

「餅乾？」我建議，「巧克力豆餅乾？」

威爾頓叔叔微笑。「好主意。我們下星期去買材料。」

我們又安靜了下來。有時候我和威爾頓叔叔會很長一段時間安靜的坐著。我們喜歡這樣，坐著想事情。

每天晚上我們會一起做晚餐；每天早上我們會一起討論同音字；週末的時候，我們會開著他的車去兜風，去州立公園、去阿什福德博物館、去戶外音樂季。參加音樂季的時候，我們在地上鋪毯子，躺在上面聽著交響樂團演奏。

「試著分辨每一種不同樂器發出的聲音。」威爾頓叔叔說，「仔細聽小提琴的聲音、長號的聲音，還有單簧管的聲音。」

那些音符飛上天空，飛向星星。

在這個炎熱的六月早晨，蜂鳥從這朵花飛撲進那朵花，我突然開口說：

「威爾頓叔叔，從我媽媽的角度想，為什麼她離開的時候要丟下她的回憶？」

威爾頓叔叔朝我抬起頭，就像小雨以前那樣。「你的意思是？」他問。

我告訴他那個盒子的事情。「她把所有她對蘿絲的回憶都留了下來，她為什麼不帶走它們？她不想要記得我嗎？」

我叔叔皺起了眉頭。「蘿絲，你以為你媽媽離開了你和你爸爸？你爸爸是這樣告訴你的嗎？」

「對。對。」我說，因為我叔叔一次問了我兩個問題。

威爾頓叔叔的表情和藹又溫柔。他對我伸出一隻手，觸碰我的膝蓋後把手收了回去。「你媽媽並沒有離開，」他說，「她去世了，在你非常小的時候。」

「她去世了？」

「是的。」

「她是怎麼去世的？」

「她的心臟有一個動脈瘤。她走得很倉促。」

「為什麼我爸爸要跟我說她離開了我們？」

威爾頓叔叔搖搖頭，喝了一口咖啡後說：「也許他是試著要保護你。也許他認為你知道這件事的話會太傷心。」

「但是他讓我以為她離開了我們。我以為她是因為我才離開的。」

威爾頓叔叔再次碰了我的膝蓋，我覺得沒關係，只是碰一下而已。「你爸爸並不是每次都能做出聰明的選擇，但他的確試著為你做出對的選擇。」

「這是他離開的原因嗎？」

我叔叔看著那隻蜂鳥，又搖了搖頭。「我不知道。我們沒有談到這個。但我認為他覺得你跟我在一起會過得比較好。」

「離開對他來說是一件很困難的事情嗎？」

「是，我想是的。」

這樣的話，我爸爸跟我在其他事情上就有共通點了。

我們都很勇敢。

第49章　胡德大道

那個夏天是大家有記憶以來最熱的一個。威爾頓叔叔買了一個木頭鞦韆，把它掛到前廊上，我們把它漆成了綠色。每天傍晚我們都坐在上面等待氣溫轉涼，威爾頓叔叔會用腳蹬著天竺葵花盆，慢慢的盪鞦韆。大部分的早上，我們也會坐在鞦韆上，即使是威爾頓叔叔的上班日，還有我去夏令營的時候。我在那個夏令營裡跟很多有高功能自閉症的小孩在一起。

某個星期天早上，我們坐在鞦韆上，我眺望著塵土飛揚的金黃色田野和樹木後方的馬路。如果沿著那條馬路走三點七公里，就會接上胡德大道。幾天前，威爾頓叔叔和我一起去了一趟我的舊家，我們隔著窗戶看著那些空蕩蕩的房間，威爾頓叔叔若有所思的用手摸著釘在大門上的喪失抵押品贖回權通知。自從那天晚上我爸爸把我留給威爾頓叔叔後，我們就再也沒有聽過他的消息。所以上個月，是我們去清理房子的。我什麼都不想留下，除了小雨的東西之外，她的牽繩、碗，還有玩具，我把這些東西收在一個袋子裡，放在我的床底下。

星期天的早上，我們靜靜的盪著鞦韆，威爾頓叔叔對我說：「我們什麼時候再去喜悅尾巴？」

我看了他一眼。「嗯。」

「你不覺得是時候再去那裡看看了嗎？也許那裡有新的狗等著被領養。」

「也許吧。」

「別這樣嘛，」威爾頓叔叔對我笑著說，「就去看一下？偷偷看一眼？你不覺得坐在這裡的時候，有一隻狗在我們中間會很棒嗎？」

「狗坐在鞦韆上？」現在換我笑了，「也許我們可以下個週末去。」

威爾頓叔叔伸出他的手，而我握住了他的手。

我們說好了。

「昨天晚上我想到一組新的同音字。很棒的一組：『減法』跟『剪髮』。」

「真的是很棒的一組。」叔叔同意我的話，「你的表上還有空位嗎？」

「有啊。你知道還有誰有同音字表嗎？」

「不知道。是誰？」

「帕菲妮。我要打電話給她，跟她說『減法』跟『剪髮』。」

威爾頓叔叔停下鞦韆，我們交叉手指，觸碰心臟。

我再一次看向那片田野，接著抬頭望向天空，那一片遼闊的淡藍色。我想起那場音樂會，還有那些在我們頭上盤旋升騰的音符。我覺得「升騰」和「生疼」是一組很有趣的同音字，因為「升騰」是一個很棒的語詞，特別是當你想像音符劃過傍晚天空的樣子，不過「生疼」卻有負面的意思。這是我喜歡同音字的其中一個原因。它們大部分都沒有關聯，有些看起來是對立的，但如果你願意換個角度思考，有些字會有令人開心的連結。

我站了起來，閉上眼睛回想起那個和威爾頓叔叔在一起的晚上，音樂在空中翱翔，音符、天空和我們的心，緊緊融合在一起。

寫在故事之後

蘿絲和小雨的故事，是從二〇一一年艾琳颶風掃進美國東海岸，並且毫無預警的轉向內陸時開始的。暴風雨過後，我走在我們家那條位於紐約偏遠地區的路上，看著院子裡傾倒的樹被清走，重建屋頂，修築被沖走的橋和石牆。我養的小狗沙蒂總是跟在我身邊，我想著寵物們在暴風雨中跟牠們的主人分開，腦中開始編織起一個關於一隻狗走失的故事。

差不多同一個時間，蘿絲引起了我的注意。她是自閉症中心裡一個很年輕的女孩，非常健談開朗。她的狗是她那充滿障礙、有時不太令人愉快的世界裡的重心。就這樣，故事的元素慢慢聚在了一起。

寫作有時是個很孤單的工作，但大部分的故事都是集眾人的力量完成的。非常感謝我的編輯們，Liz Szbla及Jean Feiwel，感謝他們的慧眼及耐心，還有對我的信賴，也感謝他們鼓勵我寫得更深入。還要謝謝我的朋友Jamey Wolff，她是紐約哈德遜河谷自閉症服務中心的共同創辦人及專案經理。這個中心輔導了許多自閉症的學生，Jamey親切的容許我進入金士頓的學校一個早上，跟學生們聊天，觀察學生與老師間的互動，還有問她一個又一個的問題。當這本書的草稿完成時，Jamey是第一個讀者，她的幫助對我來說非常寶貴。

最後，感謝我親愛的沙蒂，她帶領我走進小狗的世界，讓我觀察她十五年來每天的生活和行為。我寫這個故事時，她一直陪在我身旁，是我每天的靈感來源。

少年天下系列 —— 035

尋找雨兒

作　　者｜安・馬汀（Ann M. Martin）
譯　　者｜劉握瑜

責任編輯｜李幼婷
行銷企劃｜葉怡伶

發行人｜殷允芃
創辦人兼執行長｜何琦瑜
副總經理｜林彥傑
總監｜林欣靜
版權專員｜何晨瑋、黃微真

出版者｜親子天下股份有限公司
地址｜台北市104建國北路一段96號4樓
電話｜（02）2509-2800　傳真｜（02）2509-2462
網址｜www.parenting.com.tw
讀者服務專線｜（02）2662-0332　週一～週五：09:00~17:30
讀者服務傳真｜（02）2662-6048
客服信箱｜bill@cw.com.tw
法律顧問｜台英國際商務法律事務所・羅明通律師
製版印刷｜中原造像股份有限公司
總經銷｜大和圖書有限公司　電話：（02）8990-2588

出版日期｜2017年1月第一版第一次印行
　　　　　2021年4月第一版第五次印行
定　　價｜320元
書　　號｜BKKNF035P
I S B N｜978-986-93918-5-6

訂購服務 ——
親子天下Shopping｜shopping.parenting.com.tw
海外・大量訂購｜parenting@cw.com.tw
書香花園｜台北市建國北路二段6巷11號　電話（02）2506-1635
劃撥帳號｜50331356 親子天下股份有限公司

立即購買 >
有聲故事書

國家圖書館出版品預行編目資料

尋找雨兒／安・馬汀（Ann M. Martin）作；
劉握瑜譯. -- 第一版. -- 臺北市：親子天下,
2017.01
272面；14.8X21公分. --（少年天下系列；35）
譯自：Rain reign
ISBN 978-986-93918-5-6（平裝）
874.57　　105022818